从狗狗那里听来的好故事

[日]山口花 著
布吉岛 译

花城出版社
中国·广州

图书在版编目（CIP）数据

从狗狗那里听来的好故事 /（日）山口花著；布吉岛译. -- 广州：花城出版社，2024.3
ISBN 978-7-5749-0045-5

Ⅰ.①从… Ⅱ.①山… ②布… Ⅲ.①短篇小说－小说集－日本－现代 Ⅳ.①I313.45

中国国家版本馆CIP数据核字(2023)第197214号

合同版权登记号：图字19-2023-195号

INU KARA KIITA SUTEKI NA HANASHI
NAMIDA AFURERU 14 NO MONOGATARI
by Hana YAMAGUCHI
©2021 Hana YAMAGUCHI
All rights reserved.
Original Japanese edition published by SHOGAKUKAN.
Chinese (in simplified characters) translation rights in China (excluding Hong Kong, Macao and Taiwan) arranged with SHOGAKUKAN through Shanghai Viz Communication Inc.

出 版 人：张　懿
责任编辑：刘玮婷　蔡　宇　徐嘉悦
责任校对：梁秋华
技术编辑：凌春梅
装帧设计：周文旋

书　　名	从狗狗那里听来的好故事 CONG GOUGOU NALI TINGLAI DE HAO GUSHI
出版发行	花城出版社 （广州市环市东路水荫路11号）
经　　销	全国新华书店
印　　刷	佛山市迎高彩印有限公司 （佛山市顺德区陈村镇广隆工业区兴业七路9号）
开　　本	787毫米×1092毫米 32开
印　　张	6.125　2插页
字　　数	103,500字
版　　次	2024年3月第1版　2024年3月第1次印刷
定　　价	45.00元

如发现印装质量问题，请直接与印刷厂联系调换。
购书热线：020-37604658　　37602954
花城出版社网站：http://www.fcph.com.cn

序

在我孩提时候，狗都是因担任"看门"这个职责而存在的。它们被拴在门前，一旦有陌生人靠近，或是有客人到访就要大声吠叫。至于它们的食物，通常是饲主的残羹——譬如加了味噌汤的剩饭。过去，狗狗正如"家犬"一词，在家庭里只是一个被饲养和驯化的角色。

而现在，即使是大型犬，通常也会被养在室内。

它们每天都和主人以及他们的家人互动，幸福地生活在一起。现在的宠物犬已不再是"看门狗"或者纯粹的"家犬"，而是被养狗家庭当成家人看待。能饲养宠物的住宅区、能带着宠物入住的旅馆，以及宠物医院和宠物美容沙龙等相应设施的增加——这种社会变化也正好说明了这一点。

因为我们逐渐意识到狗狗和人类一样拥有丰富的情感，所以会把它们当成人生中最好的伙伴来珍惜。

每只狗狗都是独一无二的。在互相陪伴的过程中，我们不仅分享彼此的喜怒哀乐，狗狗也会给我们带来更多的幸福感。每个主人和他们的狗狗都有不同的际遇、生活方式和陪伴方式。譬如，独居老人和他的爱犬，作为有阿尔茨海默病患者家庭的精神支柱的狗狗，以及陪伴着自己成长的狗狗……每个主人都和他们的狗狗建立了亲情联系，而这种牵绊有时会成为我们活着的动力和向前迈步的勇气。

本书通过访谈，精心收集了十四个关于主人与爱犬的感人故事。

第一章是主人对爱犬的倾诉，第二章则相反。

这些故事从主人或狗狗的角度出发，充满爱意地将主人和狗狗的心声描绘出来。

作为作者，我希望每一个读到这本书的人都能感到温暖和幸福。

希望你们也能与爱犬建立起更加牢固的牵绊。

山口 花

Contact 目录

第一章 主人对狗狗说的话

01	小铃	感谢你成为我的家人。	*003*
02	骑士	它会一直活在我们心中。	*015*
03	小花	包容万物的一切存在方式。	*029*
04	Sunday	我现在不是一个人了。	*043*
05	Surgery	来,我们走吧。	*055*
06	Max	慢慢来,你要做一只幸福的小狗哦。	*067*
07	空知	不会轻言放弃的信念。	*081*

第二章 狗狗对主人说的话

01 巧克力	你可以尽情地哭泣。	*097*
02 毛茸茸	谢谢你救了我。	*109*
03 小春	等春天来临时, 让庭院里的花重新绽放吧。	*121*
04 小不点	真是太好了呢……山本先生。	*133*
05 小优	我永远不会忘记。	*145*
06 Den	我们终有一天会再见面的……	*157*
07 小太郎	你一定要幸福啊。	*169*
作者新撰随笔	我与丹尼	*181*
	文库版后记	*187*

第一章

主人对狗狗说的话

01 小铃

感谢你成为我的家人。

同班同学的冷暴力和欺凌,
导致我即使面对父母也闭口不言。
身处这种处境的我,在某一天遇到了小铃。
是小铃让我获得了勇气……

我没办法和班上的女生们交流。虽然我本来就是一个沉默寡言的人，但从某天起，她们开始对我视而不见。

任凭我绞尽脑汁，也想不通会变成这样的原因。

我被孤立了。

在学校里也没人和我说话。渐渐地，我便越来越难开口了。

我每天都过得很煎熬，就连上学都变得艰难。但我无力脱离这种困苦局面，就像永远都看不见隧道的出口……

班上同学对我的欺凌逐渐升级。

所有人都对我说："脏东西，别靠过来！"可我根本连离开座位也办不到。

回家后，我的沉默也令妈妈很担心。每次她问"你是不是哪里不舒服"，都会让我感到焦躁。

不过这种焦躁与妈妈无关，而是缘于我无法将自身感受说出口的挫败感。

我无法把"我在学校被欺负了"这句话说出口。正

01 小铃

因为我是"弱者"才会被同学欺负——连我自己都这么认为了,妈妈听了又会怎么看我呢?一旦有了这个念头,我便什么也不想说了。

忙于工作的爸爸甚至没有察觉我的变化。知道我变得更不爱说话了,他也只是敷衍地给了一句评价:"青春期就是这样的啦。"

就连和父母交流我都做不好……

十月份,刚降温,连带着雨也变冷了。我就在这样的雨天里发现了一只小狗。

那天是周五。我走在回家的路上,光是想到明天不用上学就觉得松了一口气。

那只小狗就待在商店街的角落里。我听着雨滴打在伞面上的声音,远远地瞧见了它。它静静地坐在一个脏兮兮的箱子里,全身都湿透了,即使隔着好一段距离也能看出它的虚弱。

形形色色的人从它身边经过,但都对它视而不见。明明他们都知道那里有一只小狗,却没有任何人在意。

(就像没有人在意我一样……)

明明我是一个大活人,却被当成了空气。

片刻过后,几个男孩走近了它。

"好脏啊!小心把病传染给你!!"

一个男孩笑着说,另一个男孩轻轻踢了踢箱子。

那一瞬间,好像有什么东西从我的体内迸发而出。

等回过神来,我已经抱着那只小狗跑回了家。

一回家,我就对妈妈说:"我实在太想救助这只小狗了……"

我已经很久没像这样亲口表达自己的心意了。妈妈有点惊讶,但还是默默点了点头。

这只小狗因为饥寒交迫,显得格外虚弱。它的眼睛还被许多眼屎糊着,只能睁开一条缝。

我从壁橱里拿出暖炉,让房间暖和起来,又用几条毛巾把小狗包好,然后才从冰箱里取出牛奶加热。可当我把温牛奶凑到它的鼻子前时,它并不想喝。

我尝试了所有能想到的方法,但它只是沉沉睡着,呼吸也不是很顺畅。

我心中充满了一定要拯救它的责任感。

(明天要带它去医院。)

我彻夜难眠,几乎整晚都陪在它的身边。

第二天早上,我用刚洗过的浴巾裹着小狗前往宠物医院。

(再忍忍吧,小家伙。)

我想安慰它,却怎么也说不出温柔的话。

我还是无法好好地表达心意,连我都对自己感到无语了。

到达宠物医院后,我也没法流畅地表达心中所想。我很紧张,幸好宠物医院的工作人员耐心地接待了我。

接待处的小姐姐问小狗叫什么名字。

我还没好好思考它的名字,所以在病历的名字栏里写下了"rin"。

"哎呀,和主人用同一个名字吗?"

"不……我名字里的'铃'……念作'suzu'①。"

听到我的回答,小姐姐微笑着说:"这个名字很棒。"

"小铃"其实是我的小名,上小学之前大家都这么叫我。我已经很久没有听过这个名字了。

脑海中浮现了一些从前还能开怀大笑的回忆。

---

①在日语中,和制汉字"铃"的音读为"rin",训读为"suzu"。

我默默地听着医生说话。

"它现在的状况就像人类患了感冒一样。"医生平静地说。

听到这句话，我终于松了一口气。

我每隔两天就去一次宠物医院。

放学一回家，我就用浴巾裹着小狗去医院。

小铃的烧已经退了，也慢慢开始吃东西。它的眼周仍然会痛，但总体恢复得很好。

不过在第三次就诊时，我们才发现小铃已经失明了。

我不知道这意味着什么，只能茫然地呆站在原地。

（它治不好了吗？它会永远失明吗？）

我有很多问题想问医生，却什么都没能说出来。

我只能默默地流泪。既是为无法用语言表达自己的感受而沮丧，也是为即将饲养一只盲犬而不安。

"如果有任何疑惑，欢迎随时来找我们咨询。"

回家前，医生给了我一张手写的字条。

上面写着"饲养盲犬的注意事项"：

①尽量不要移动家具；
②不要大声喧哗；

③绝对不能剪它的胡须;

④它看不见,所以要多和它说话;

⑤不要将自己的脸贴近它的脸。

我把字条小心翼翼地放进口袋,恍恍惚惚地回家了。

"铃,医生怎么说?"

我一打开客厅的门,妈妈就关切地问道。

"医生说……这个小家伙……失明了……"

"什么?"

妈妈似乎大感意外。

看到她的表情,我感到很后悔,因为我又让她担心了。

"有没有妈妈能帮上忙的……事情?"

"不……没有。不用……"

其实我很想让她帮帮小铃,也帮帮我。

我知道,只要我坦率地开口,妈妈一定会竭尽全力保护我和小铃。

但是让妈妈为我们担心,比遭受欺凌更令我难受……

从那天起,我和小铃一起努力。

随着体力恢复,小铃的活动范围扩大了,但也因此接连碰壁。

它没办法上厕所,会从楼梯上摔下来,还经常撞到家具,弄伤自己。

正如医生所说,小铃对声音很敏感。特别是分贝高的声音,会让它害怕得身体摇晃。最重要的是,它真的不喜欢有东西靠近它的脸。

当我试图用毛巾帮它擦嘴时,它会翻身,还会把脸转开。

而且,想在家里养一只盲犬,光靠我一个人的努力是远远不够的。

为了小铃,我在吃晚饭时拼尽全力地开口讲话了:

"我想……想请爸爸妈妈帮个忙……"

"哦?无论要帮什么,妈妈都会尽力的。"

妈妈的眼中满是对我的担心。

"……小铃看不见,所以它的胡须充当了眼睛的作用。如果突然将脸凑近它,小铃可能会突然受惊张嘴咬人……还有,不要移动屋里的家具……如果在同样的位置放同样的物品,小铃就能形成记忆,不会再因此受伤……"

爸爸妈妈都在认真地听我说。

"还有……可以的话,尽量不要发出很大的声音……

小铃很依赖声音，突然的高分贝声音会让它害怕……"

我怎么也没办法完整地表达自己的意思。

可当我把话说完，一抬头，就看到妈妈在哭。

"铃，谢谢你能把这些告诉我们。其实最辛苦的是小铃吧？虽然没办法保证能马上都做得到位，但我们一定会尽最大的努力，让小铃能够安心地生活。对吧，爸爸？"

"嗯。……好嘞，我们先检查一下房间，排除有安全隐患的地方，这样小铃就可以在房子里安全走动了。"

小铃成了我家晚餐的话题。而在此之前的很长一段时间，晚饭的餐桌是安静的。

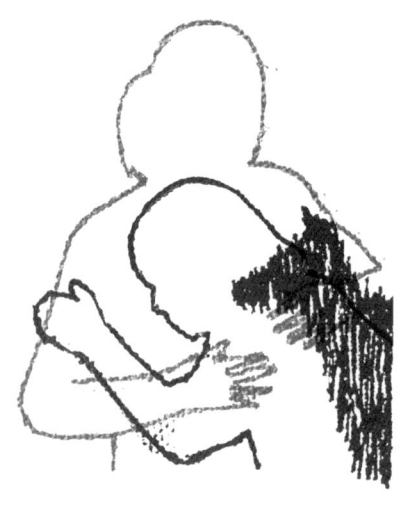

01 小铃

我上学时,妈妈就在家陪着小铃。她会仔细地观察小铃的行为,然后告诉我。爸爸听了她的话,也会想出各种办法来摆放家具,以便小铃可以顺利地移动。

我很开心。

想为小铃创造一个舒适的生活环境,光靠我一个人根本不可能。

终于,我也敞开了心扉。即使说的是一些微不足道的事情,即使还不能流畅地表达——

但我开始享受与人交谈。

小铃逐渐记住了家具的位置,也不再撞到东西。

小铃已经能在家里来去自如了。不过,即使我们把客厅的落地窗打开,它也不会出去。

看着它坐在窗边倾听外界声音的样子,总感觉它很想去外面的世界看看。

妈妈轻轻地抚摸着小铃,轻声说:"小铃……除了看不到东西,小铃和别的狗狗没什么不同哦。不要害怕,下次我们一起去散步吧……"

这一刻,我也被妈妈深沉的爱触动了。

她每时每刻都关注着我,为失明的小铃和寡言的我担心。

不知不觉地,我对着妈妈开口了:

"在学校里……没有人和我说话。每个人都说我很脏,要我滚远一点。我总是孤零零的,也没人听我说话。"

我边说边大声哭了起来。

妈妈默默地听我述说,而后温柔地抱着边哭边说的我,语气和缓地说:"你一定很辛苦吧。谢谢你把这些告诉我。妈妈和爸爸永远都是你的伙伴。因为铃一直把话憋在心里,妈妈真的很担心。谢谢你愿意告诉我们。你能来到我们的生命里,就是爸爸妈妈最幸福的事情。铃,谢谢你愿意说出这一切……"

因为交流,我得以被拯救。救我的人,正是对我说"谢谢你愿意说出一切"的妈妈。

这时,小铃用温暖湿润的鼻子碰了碰我的耳朵。

我非常惊讶。

一直很害怕和别人贴脸的小铃主动和我贴贴了。

我被妈妈和小铃温柔地簇拥着,泪如雨下。

如果不是因为小铃,我可能永远都无法与人交谈。

我轻拍着小铃的背,一遍又一遍地喃喃道:"小铃,感谢你成为我的家人。"

它会一直活在我们心中。

小学时，Rider（骑士）作为新成员，
加入了我们的四人组老友记。
即使我们已经长大，各自离乡，
但你永远是我们的英雄。

我们在乡下长大。家附近一条孕育着许多生命的河流是我们的游乐场。我们会在那儿抓鱼、抓水蚤、打水漂，也会在河里游泳。

那一天，我们四个人也在河里忘情玩耍。

"喂，你们看那个纸皮箱。里面装的是小狗吗？我好像看到它的耳朵了。"

正隆发现漂在河面上的纸皮箱，这么说道。

听到正隆的话，海大就义无反顾地跑进河里把纸皮箱拿了上来。

"有！里面真的有个小家伙!!"

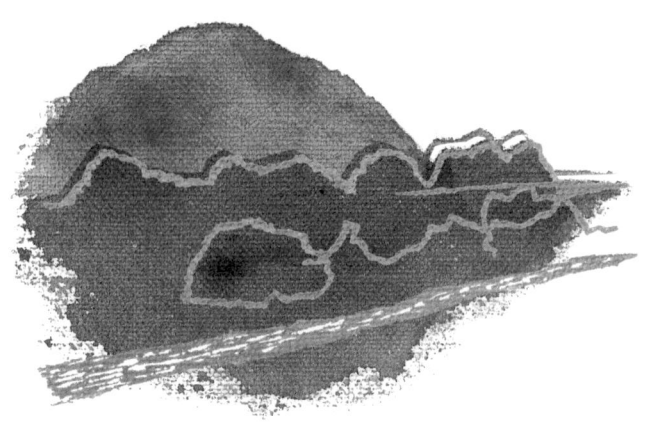

02 骑士

我们四个所居住的小镇被大自然簇拥着,随处可见山川,不是稻田就是旱地。

而且这里真的很小。小到什么程度呢——就连我们念的学校,学生总数都不满一百人。大家就像兄弟姐妹般地一起长大,邻居之间的关系也像亲戚一样,因此一旦有什么糗事就会满镇皆知。

我们四个从小做什么事都在一起。

正隆是一个谨慎的人,有着强烈的正义感。而且个性认真,若觉得别人某件事做得不对,也会坦率地说出来。

瑞贵是一个成熟、腼腆且多虑的人。但他很聪明,什么事都能办成。

海大话少又勇敢,是一个一马当先的人。

我是小豪。至于我是一个怎样的人,这一点连我自己也不太清楚。

海大回到岸边,从纸皮箱里抱出一只小狗。

那只小狗全身湿透,颤颤巍巍的,既不知道它是从哪里被冲下来,也不知道它漂了多长时间。

"怎么办?"

"什么怎么办?你想做什么?"

"这可是一只小狗啊!"

我一直看着他俩说话的样子——瑞贵爱担心,海大则总念叨着"所以该怎么办啊",他们俩的对话总是让我觉得很有趣。

"不管怎样,先把这只小狗救下来吧。小豪,我们去你家开个战略会议。"

大家都赞同正隆的提议——这便是我们四人的角色分工。

于是四人一狗在我家齐聚。

我先用一条大毛巾帮小狗擦干身体。虽然它在发抖,但不算很虚弱。

"仔细看看,它其实长得挺可爱的。"

难得海大一脸的兴味盎然。他一向都冷冰冰的,总感觉对什么都不感兴趣。

"怎么?你把它救上来,就是想把它带到派出所去吗?"

"派出所会收留一条狗吗?"

"所以究竟该怎么办啊?"

"既然把它捡回来了,就意味着要有人照顾它吧。"

"先把它暂时留在小豪这里吧,我们都回家问问爸妈能不能养它。"

正隆说完,大家就原地解散,各回各家。

只留下我一个给低声呜咽着的小狗喂牛奶。

它"吧嗒吧嗒"地喝着牛奶,嘴巴周围都成了乳白色。吃饱喝足后,它便在我的腿上呼呼大睡。

还没有长毛的小肚子被牛奶填得鼓鼓的。

从田里干完活回来的妈妈一脸惊愕地看着我腿上的小狗。

"怎么有只小狗?"

"我和正隆他们在河里玩的时候,看到它被水冲下来。现在大家都回去征询父母的意见,看看谁家可以收养它。"

"要不然,干脆由我们养得了。"

没想到妈妈马上就表示同意。

谁知他们仨都没能得到父母的首肯,灰溜溜地回来了。

看他们垂头丧气的样子,妈妈便说:"别担心,我们家会收留这只小狗的。但你们得一起照顾它。如果只有小豪一个人,这新鲜劲肯定很快就过了。"

我至今仍记得,当时大家一起松了一口气的表情。

于是我们一起给小狗想名字,最终以我们心中的英雄为它命名。

正隆大声宣布:"就叫它Rider(骑士)吧!它现在是我们的小伙伴了!从现在起,我们就是同志了!我们的友情永远都不会改变!"①

瑞贵重重地点了点头,我稍慢一步颔首应和。

海大只是微微一笑,轻轻颔首。

与此同时,一直睡在我腿上的Rider猛地醒了过来。它一边看着我们,一边歪着头嗅每个人的气味。

我们与Rider的第一次邂逅,发生在这个四年级的初夏。

在我们决定饲养Rider之后,爸爸为我们打开了谷仓的二楼。那里约有六帖榻榻米②大小。他在角落里铺上稻草,算是给Rider做了一张床。

"有了这个,你就不必给它做狗屋了,住在这里也不必担心风吹雨打。"

爸爸打算给Rider做一个简易的狗窝。

---

① 1971年日本东映电影公司制作的特摄片系列《假面骑士》,男主人公为勇敢正义、惩恶扬善的英雄式人物,广受少年儿童的喜爱。
② 日本常用的面积计量单位,一帖大约1.62平方米。

大家给Rider带来了各种各样的东西。

起先是瑞贵用废旧的木材做了一张摇摇晃晃的桌子，于是以此为契机，这个地方逐渐变成了我们的秘密基地。

海大从家里带来了木椅。

正隆搬来的小书架上摆满了大家带来的漫画。

放学后，我们总是喜欢聚在这个秘密基地里。大家在这儿做作业、看漫画，和Rider一起玩。

当实在无事可做时，我们就去外面玩，一直玩到太阳下山。

就算我们没用狗绳牵着Rider[①]，它也从不会走丢。

我们总是在一起。

Rider似乎也非常喜欢和我们共处。

临近小学毕业时，正隆说："我前阵子在电视上看到有人做时间胶囊，要不我们也做一个吧？"

"时间胶囊是什么？"

"就是把信件和其他有纪念意义的物品放在罐头或瓶

---

①公共场所遛狗请务必使用狗绳，不提倡文中此处的做法。——编者注

子里埋起来。几十年后，我们再一起把它挖出来。"

第二天，我们带着要放进时间胶囊里的东西碰头。储存记忆的"胶囊"是正隆从家里带来的，罐子的表面还写着"仙贝"。

这是我们各自准备的纪念品，所以并不知道对方往里面放了什么。

对我们来说，Rider和有Rider的秘密基地是我们最重要的回忆。因此，我们决定将装有宝贝的时间胶囊埋在秘密基地后面。

"话说回来，你们打算什么时候把这个挖出来？"埋时间胶囊时，瑞贵问道。

"什么时候都行。可以选我们参加成人礼那天，也可以往后推迟到我们当爷爷的时候再挖出来。"

"如果不定一个确切的时间，就不知道要等多久了。"

海大和瑞贵的例行拌嘴又开始了，只剩正隆还在旁边"吭哧吭哧"地挖坑。

我都见惯不怪了。

这样一成不变的日子直到我们升上初中仍在持续。

因为初中就在小学旁边，所以我们会走同样的路上学。而在初三的夏天,中考改变了这种日常。

我们几乎没有时间在秘密基地相聚了。即使偶尔会在这里碰头,也会很快离开。每天只有Rider一如既往地等着我们。

每当我站在楼梯口抬头看时,Rider总会用力地摇着尾巴出来迎接我。

Rider这种始终如一的坚毅让我非常心疼。

最终,我们四个考上了不同的高中。

那个秘密基地已经名存实亡,再也没有人过去了。

甚至连Rider也不在那里了。它总爱躺在主屋的玄关处,孤孤单单的,就像被所有人遗忘了一样。

我回家的时间越来越晚,即使是休息日,我也会选择乘车到邻镇和朋友们一起放松放松。我和Rider相处的时间越来越少了。

在我高三那年的夏天,Rider失踪了。

总是躺在玄关的Rider不见了。

妈妈担心了很久,但我认为它很快就会回来。可等到天黑了,Rider还是没有回家,我才觉得担心,然后开始找它。

一只狗能去哪里呢?我依次去正隆、瑞贵和海大的家找过。

尽管我们四个已经很久没聚在一起了,但大家听说了情况都纷纷表示:"我和你一起找它。"

于是大家分头行动。

我们先去了房屋后面的竹林,也去了河边,仍然不见Rider的踪影。

"Rider!"我们大声呼喊,但没有应答。

难不成……我们心有灵犀地想到了答案,然后上了谷仓的二楼——那个曾经的秘密基地。

它不可能在这里——这里早就只存在于我们的远久记忆之中了。

"Rider……"

正隆轻轻地叫了一声,谷仓尽头那堆小山似的稻草里传来了微弱的声音。

一打开手电筒,我们就看到Rider躺在那里。

"Rider……?"

Rider正躺在它的小窝里等待死亡。它看起来很平静,但一眼就能看出它没多少时间了。

海大率先把Rider抱在怀里,瑞贵已经哭成了泪人。

"Rider,你怎么了……?"

正隆压着哭腔问。

Rider发出轻轻的"咕咕"声,无力地摇了四次尾巴。

这是一种告别。Rider将这个谷仓作为自己的安息之地,还让我们四个再次聚集在这里。这一幕令我们心如刀绞。

我们把Rider埋在我们的秘密基地后面。之后,我们在那里待了很久。

我们四个没有说一句话,只是坐在那里陪着Rider。

"要不我们把时间胶囊挖出来吧。"

在海大的建议下,我们都挖出了时间胶囊。

我们都把放在胶囊里的东西拿了出来,交换彼此的记忆。

令我惊讶的是大家都放了那张和Rider的合照——照片中,我们都笑容灿烂地围着Rider。四个人穿着运动衫和短裤,身上沾满了脏兮兮的泥巴,但大家的双眼都在闪闪发光。看着这些照片,我们都哭了,可哭着哭着又笑了。

Rider是我们最重要的朋友,是维系我们的纽带。尽管我们语言不相通,但它是最了解我们的朋友。我本以为我们已经南辕北辙,其实我们一直都没变。

我想,我们只是从孩子长成了大人模样,仅此而已。

虽然Rider已经去了天堂,但它会永远活在我们心中。

谢谢你,Rider。

03
小花

包容万物的一切存在方式。

小花在一场车祸中失去了右后腿。
即使有这样的缺陷,
小花还是那么坚强、善良。
小花教会了我们许多道理。

五月正是枝头挂绿的时节,我正在享受和妻子的约会。

最近因为工作忙,我们都没有时间过二人世界。

因为很久没有开车兜风了,妻子的兴致很高昂。

我们结婚六年,再过两个月,我们的宝宝就会出生。我们已经盼了这个孩子很久。

想必孩子出生之后,我们也很难像这样两个人开车出来兜风了吧。

也许因为这种即将迎接新生命的心情,我们俩聊得比以往尽兴。

因为妻子有可能突然分娩,为了避免不必要的麻烦,我们会尽量不出远门。

平常上班我都会上高速公路,但今天,我们有很多时间可以沿着开阔的公路行驶,欣赏沿途风景。

途中路过一家大型商场,我们便进去给孩子买了毛巾毯和玩具。

"我喜欢这个……但这一个也不错呢……"

我耐心地陪着妻子在婴儿服装区选购,看来她犯了选择困难症。

感觉照这个速度还得选很久，于是我出言提醒："我们得赶在天黑前回家哦。"

闻言，妻子看起来有点失望。

眼看离家还有三十分钟的路程——

我们遇到了一起卡车和小轿车相撞的交通事故。那辆小轿车因为惯性，打着转撞到马路的隔离带才停了下来。

我让妻子打急救电话和报警，自己则立刻去帮助被困在小轿车里的人。那名男子的出血量不大，看起来不算太糟。

"后座上有条狗……请帮帮我……"

他频频关注后座的情况。

我无法相信因剧烈碰撞而变形的后座里还有活物。尽管如此，我还是一直对他说："别担心，它没事。"

警察、救护车和救援队相继赶到，并立刻展开了救援行动。

警察向我询问了事故情况，我也描述了那个男人遭遇事故后的状态。

等我说完，一直保持沉默的妻子才脸色苍白地问警察:"那个男人要我救救后座的狗……您能帮帮我吗?"

在这种人命关天的情况下,其他事只能在男人的救援结束之后再论。

旁边的一名救援人员只是简短地答道:"我们会尽力的。"

但我有点诧异。

妻子性格沉稳,不是那种擅作主张的人——我还是第一次见她这么固执地寻求他人的帮助。

那个男人被平安救出,由救护车送往医院。

之后,救援队终于开始检查后座。

他们用电锯和切割机等设备打开了车内空间,后座上确实有一只狗。

它的右后腿似乎被夹在门和座位之间,一动不动的,不知道是昏迷还是已经死了。

一名救援人员想伸手把它救出来,谁知手刚一碰到脑袋,那只狗就微微仰起脸来。

它还活着。

"快来搭把手!"

救援队长大声喊道。

03 小花

听到这话，队员们立即展开营救工作。

要把小狗从变形的后座里救出来得花不少工夫，但救援队员仍然尽职尽责，没有丝毫懈怠。我心怀感激地旁观着这一幕，对救援队员们肃然起敬。

妻子也在一边给一个在动物医院工作的朋友打电话，说："我马上会带一只遭遇事故的狗狗过去。"

在救援人员的努力下，小狗也从严重形变的汽车中被成功救出了。

然而，即使是我这样的外行人也能看出它的状况很糟糕。

妻子从车上拿出刚买的儿童毛巾毯，将小狗包着抱在胸前，她一边啜泣一边贴在小狗的耳边低声安慰道："别害怕，没事的。"

我把联系方式给了警察，带着妻子和小狗去了动物医院。

第二天一早，电话响了。

警察来电说事故中的那个男人已经过世了。

我盯着听筒看了一会儿，喃喃道："不是吧……"明明那个人看起来没受什么伤……

警察还说，亡故的男人是独居人士，没有亲人能认领那只小狗。

于是我们俩决定先去把它领回来。

这只曾在生死边缘徘徊的小狗目前伤情已经稳定了，但事故中被夹断的右后腿已经药石无灵了。

医生遗憾地看着它的腿说："如果放着不管，它的伤腿到最后只会腐坏，你们打算怎么办？"

"除了截肢还有别的治疗方法吗？"

我怀揣着最后一丝希望问道。

"照顾断了一只腿的狗狗比想象中要难很多。如果你救了它，却不能为它善终的话，这对它来说是另一种不幸。虽然这句话很难说出口……但安乐死或许也是一种选择。"

我闻言大受震撼。这条生命即使承受了这么多伤痛，心脏也没有停止跳动，现在却要因为截肢后会行动不便而杀了它吗？

正当我搜肠刮肚地想着怎么发泄愤怒时，妻子却说："我根本没考虑过这种荒谬的选择。我知道截肢是无法避免的，但绝对不会选择给它安乐死！"

我们和医生商定，等小狗的体力一恢复就为它动截肢手术，而后离开了医院。

此后，妻子每天都会去动物医院。

我下班回到家，聊天话题很自然就转到了小狗身上，妻子也会和我汇报它的情况。

"小花今天能吃点东西了！"妻子开心地说。

我不禁问："你什么时候给它起了名字叫小花的？"

"因为小家伙和我小学时的朋友很像，她的名字就叫小花。"妻子笑着说。

等到小花截肢的伤口一愈合，我们就把它带回家了。

不过，小花刚开始很害怕在陌生环境里和陌生人待在一起。

而且，和小花拉近距离并不像预期的那么容易。即使给它食物，它也只是闻一下就走开。不仅如此，它还整天缩在窝里蜷成一团。

这么下去也不是办法。我在宠物商店给小花买了一个狗狗玩的玩具，但不出所料，它对玩具没有丁点兴趣。

我们只能在小花睡着的时候轻轻抚摸它。

尽管如此，我们还是坚持陪小花散散步。下班回家后，我会抱着小花在家附近转一圈,想着至少让它接触一下外面的空气。

到了周末晚上,我们会去公园散步。毕竟白天公园人太多,小花肯定会感到害怕的。再说我也受不了某些视线那样打量少了一条腿的小花。

我把小花轻轻地放在草坪上,不过它一直没能站起来,只是不安地环顾四周,垂着耳朵,浑身微微颤抖。

小花经常都蜷成一团睡觉,偶尔还会用已被截肢的后腿去挠耳朵。想必它体内还残留着以前的习惯吧。每次看到小花这样,我就一阵心痛。

小花的身体明明已经康复了,它只是少了一条腿,却仿佛失去了所有活力。

对于小花来说,它失去了心爱的主人,失去了自己的腿,没有活力也是在所难免的⋯⋯

小花来我们家已经三个星期了,而备受我们期待的孩子比预产期晚了两天出生。

她是一个很有活力的女孩。

我在墙上横着贴了一张纸,上面写有"取名桃子",妻子则在旁边也贴了一张,写着"取名小花"。

"能同时成为两个女孩的父母,真幸福啊。"

从妻子的话中,我感受到什么是为母则刚。

妻子在小花的窝附近放了一张婴儿被褥,白天就让桃子睡在那里。

小花被婴儿的大哭声吓了一跳,但它既没有表现出讨厌也没有觉得烦躁,只有一如既往的麻木。

不知从什么时候起,小花总是会静静地观察着或放声大哭或望着远处发呆的桃子。当妻子喂奶时,小花会抬起鼻子,发出"哼哧哼哧"的声音确认气味。就连换尿布时也是一样。

当桃子发出"咕咕声"①牙牙学语时,小花又再次紧张起来。

这种时候,妻子就会抱起小花,让它靠近桃子。小花随即如释重负般,继续安静地观察桃子。

渐渐地,小花终于能缓慢地自行挪动了。虽然它仍然踉踉跄跄的,但已经能熟练使用三条腿走路了。它会找到一个方便观察桃子的地方躺下来,然后继续盯着她瞧。

---

① "咕咕声"特指2-3个月大的宝宝发出"啊""咕咕"等声音,是婴儿发声和学习语言的开始。——作者注

随着桃子的动作幅度增大,小花那双一直观察她的眼睛似乎也变得明亮了。每当桃子摆动四肢,小花也会跟着上下左右地晃动脑袋。

桃子在小花的守护下渐渐长大了。

随着桃子的成长,小花也变得活跃了。它不仅可以灵巧地使用三条腿走路,也恢复了食欲。每次等桃子喝完奶,它就乖乖地去吃狗粮。

小花几乎没有从桃子的身边离开过。一旦桃子开始哭闹,它就会马上去厨房找妻子。

妻子会一边说"每次都辛苦你了呢",一边抚摸它的头。小花也会眯起眼睛,尾巴左摇右摆。

如果桃子想见小花,她会尽力翻过身,手脚并用地爬行。小花向右她就向右,小花向左她就向左。

要是桃子没办法继续往前爬，小花会主动凑近她。

渐渐地，桃子爬得越来越灵活，而后终于站起来，开始爬楼梯了。这时，小花就会跟在桃子身后，一脸担心地看着她往上爬。

小花对待桃子的态度就像对待自己的孩子一样。

它会温柔地注视她、抚慰她，守护着她。

桃子两岁时，小花的行动几乎与一只健全的狗狗无异了。虽然身形依然不稳，但已经可以用三条腿奔跑了。

它会耐心地听桃子说话，哼哼唧唧地回应她。我常常怀疑它是不是听懂了才点头。

它和桃子在公园互相追逐，夸张地摇着尾巴看桃子从滑梯上下来，又默默地守护着摔倒痛哭的她——小花在用自己的方式陪伴孩子成长。

小花在公园里很受欢迎。我曾担心别人会用异样的眼光打量它，现在看来，完全是我杞人忧天了。大家都很希望在公园里看到小花和桃子。小花走到哪里，孩子们就聚集在哪里。

小花在桃子的小伙伴之中就像偶像明星一样。

快到盂兰盆节时，多年未见的妹妹突然造访。

"它怎么缺了条腿啊,怪恶心的,看得人毛骨悚然。"从小就不喜欢动物的妹妹这么说。

妻子闻言,面色稍愠。

正当我不知该怎么处理这种场面时,桃子问道:"为什么会觉得恶心呢?是因为它少了条腿吗?我的小伙伴们绝对不会这样说小花的。如果姑姑因为小花少了条腿就觉得它恶心,那姑姑也很恶心,因为姑姑没有眉毛。"

桃子带着小花笑呵呵地走出了房间。妻子向妹妹道歉后马上追了出去,妹妹则半张着嘴,惊呆在原地。

"孩子很纯真,他们会包容世间万物的一切存在方式。只有大人会认定'与众不同'是错的。有时候,说不定孩子的价值观才是正确的。"

我很感谢小花。

要是没有它,我和桃子都不可能注意到这么重要的道理。

"包容万物的一切存在方式。"

这个道理像常识一样普通,却无比重要。

04
Sunday

我现在不是一个人了。

我得了一种慢性病,每次发病都可能会伴随痉挛和休克。

为了不给他人添麻烦,

就连和亲朋好友相处起来都战战兢兢、如履薄冰。

但自从遇到Sunday后……

我得了一种慢性病。这是一种发病时会突然痉挛和休克的疾病。

它不会直接危及生命,但会引起癫痫发作、虚脱和让人失去知觉。

但这也是一种不治之症,一种会伴随患者终身的疾病。

虽然我一直服用抗癫痫药物,但每年至少会休克一次。

癫痫发作完全没有预兆,很可能发生在和朋友一起玩的时候,或是在学校上课的时候,当然,还有一人独处的时候……

每当我重新睁开眼,总会发现自己躺在救护车里。

又来了。接下来又会被当作"易碎品"对待了——每次在意识逐渐清醒的过程中,我总是这样想。

恢复意识后,对我来说,最痛苦的莫过于要克服无尽的绝望感和孤独感。

从癫痫发作的那一刻到醒来,我会失去这段时间的记忆,那种感觉仿佛从自我意识中抽离了一样。

哪怕这段时间只有五分钟或十分钟,对我来说也很痛苦。

就算我想忘记,持续到第二天的全身肌肉酸痛也会让我记起痉挛的强度。

这让赶巧碰上我发病的朋友非常担心。

升上初中之后,同学们的相处模式也变得和小学时不同——尽管大家会出言表示关心,但终究也只是维持着如履薄冰般的友谊。

对我来说,事情会变成这样也无可厚非。

任谁看到有人突然癫痫发作都会被吓到,会因此感到束手无策。

我也会拒绝别人的旅行邀约。要是玩得正开心时犯病休克怎么办——想到这一点,我就无法放任自己启程。

为什么只有我会得这种病？

无数个不眠夜之中，我都在反复思考这个问题。

像我这种得了慢性病的人，不可能交到互相理解的朋友。

因为抱着这种心态，即使认识了新朋友，我也会和他们保持一定的距离。

毕竟一旦发病，我就会变回那个"易碎品"。

至于家人，他们对我的态度就更加谨慎了。无论我做什么，父母都会紧张地问："你能行吗？"这种过度担心已经成了我的负担。

我也是一个正常人啊。

越是这么想，有时就越想反抗他们。

但又不得不为这样的自己感到悲哀。

找到工作后，我就搬离父母的家，开始了独居生活。

我租了一个由亲戚阿姨管理的独栋老房子。

房子离父母家不远，但那一刻，我终于有了能独当一面的真实感，我终于不用被当成"易碎品"对待了。

我有生以来第一次体会到解放的感觉。

作为社会人的新生活充满了紧张。对我来说，紧张和压力是引发癫痫的原因之一。因此，我比以前更准时地吃药，就连去医院也一次都不敢耽误。

至少不要在公司里发病——我如是祈祷，继续过着远离人群的正常生活。

入职后的这半年，我不仅没有发过病，独居生活也很舒适。

我还能享受和同期入职的同事们相处的时光。尽管如此，我还是和他们保持了一定的距离，毕竟连我都不知道自己什么时候会变回"易碎品"……

"我家的牛头梗生了狗崽，很可爱哦，你要不要去我家看看？"

其中一个同事千夏邀请了我。

其实我不太喜欢狗，也从未养过动物，更不知道要怎么照顾小狗。

虽然那天我含糊其词地搪塞了，但实在找不出拒绝的理由，因此最终还是决定去千夏家看看。

千夏家的两只小狗据说已经四个月大了，长得有模有样，看起来和"小狗"不太沾边。

"要是再这么长下去，我家可能得把它们留下来养了……"

千夏说要给它们找领养人,但语气听起来却像已经放弃希望了。

顽皮的小狗们在房间里跑来跑去玩耍。

"好厉害啊,它们玩得真起劲。"

听到我这么说,千夏哈哈大笑起来。

"对啊,玩耍对它俩来说就像工作一样。"

过了一会儿,其中一只小狗向我跑来。

它黏在我身上,闻我的气味,然后开始舔我的脸。

我对这个问候方式有点受宠若惊,稍稍后仰地忍耐着它的舔舐。

千夏笑着道歉,但似乎觉得这样很有趣,并没有制止它。

这样的热情问候过后,那只小狗就在我身边睡着了。我感受着小狗的体温,有一种自己被依靠的幸福感。

"抱歉,它睡觉时可能会流口水。"

千夏说着就想把小狗抱走。

"啊,没事的。这样很暖和,感觉很好。"我忙道。

温暖、柔软、愉快——这就是我最真实的感受。

大约一个小时后，千夏站起来说道："差不多该放饭了。"

狗妈妈和另一只小狗见状立即起身跟去了厨房，但是睡在我身边的小狗就是不肯离开。

我轻轻地抱起了小狗。

它没有表露出丝毫嫌恶，一直看着我的眼睛，轻轻摇了摇尾巴。

"好奇怪啊，平时放饭这家伙都是冲得最快的。"

千夏歪着头看着这只摇晃尾巴的小狗。

此后，无论我上洗手间，还是喝完茶把东西收去厨房，这只小狗都摇着尾巴，寸步不离地跟着我。

"按理说都是人根据自己喜好选择宠物狗，现在的立场好像反过来，变成宠物狗选人了呢。它好像很喜欢美贵哦。"

千夏这句话竟然没有引起我的反感，这连我自己都很惊讶。

等时间差不多了，那只小狗好像知道我要回家了似的，开始不安地扒拉我的腿，还用尚显尖细的可爱声音吠叫。

"怎么了？"

原本已经站起身的我又蹲下去抱它。

我的记忆就在这里中断,熟悉的发病体验又回来了。

每当我睁眼看到陌生的天花板时,心中都会充满一种"唉,又来了"的心酸和绝望。

回过神来,那只小狗正在舔我的脸。

"我刚才吓了一大跳,完全不知道该怎么做。场面很混乱,但它一直陪着你哦。"

我把自己患有癫痫的事告诉了千夏。

"……在发病之前,你的身体会不会有什么预兆?"千夏问道。

"不,这连我自己都不知道,总是突然发病……"

"但它好像知道你要倒下一样,一直扒拉你的腿,想让你坐下来。总觉得它好像能预感什么……"

我重新把它抱起来。

难道在我癫痫发作晕倒前,它一直那样扑腾是叫我"坐下来"吗?

我也是这么想的。不知为何,我忘不了它摇着尾巴盯着我看的样子。

甚至直到回到家中独自吃饭时,它的身影仍在我的

脑海里挥之不去。

怀里的小狗那乌黑的眸子里倒映着连我都不知道的笑容,我明明是不喜欢狗的——但它似乎能感觉到我即将因为癫痫发作而昏倒,实在是太不可思议了。

第二天,我和千夏在公司食堂聊起了它。

"小狗……究竟要怎么养呢?"

千夏笑着回答:"其实不难。只要和它们一起玩耍、散步,给它们喂食,一起睡觉就可以了。怎么样,美贵?要不要试试有小狗的生活?如果之后实在照顾不来,我随时可以把它带回去。"

听到千夏这番话,我不再犹豫,决定收养那只小狗。

周末,千夏按照约定把小狗带来了。

我有些紧张地抱住它。当我看向它,它的黑色眼眸也映出了我的笑容。既然它是在星期天来到我身边的,我便给它取了一个名字叫"Sunday"。

从那天起,我的生活一点一点地改变了。

以前因为不知道癫痫什么时候发作,我会尽量避免单独外出。

但为了陪Sunday散步,我外出的次数增加了。

当我和Sunday一起散步时，其他带小狗散步的家长也会和我打招呼，我们笑着闲聊的次数也越来越多了。

多亏了Sunday，我的活动范围和朋友圈都扩大了。

多亏了Sunday的陪伴，我逐渐尝试了许多以前觉得不可能的事。

Sunday一如既往地陪在我身边。

它会跟着我去家里的每一个角落，就连去洗澡和上洗手间时也不例外。

如果遇到节假日，它白天大部分时间都陪着我一起过，晚上也会一起上床睡觉。

"Sunday一定很怕寂寞吧。"

我每晚都拥抱着Sunday说。

习惯了有Sunday陪伴的生活后，我每天都过得很开心。下班回家时，Sunday会守在前门等我，这种不给我机会体验孤单的感觉特别幸福。

我一进家门，Sunday就会凑过来确认我身上的气味，舔我的脸，或亲亲我。

在Sunday的陪伴下，我的独居生活过得很顺利。

也不知是Sunday的陪伴，还是因为服药的关系，我的癫痫从那天起就再也没有发作过。

希望今后的人生中都不会再有癫痫了——我每晚都这么祈祷着入睡。

可以的话，我也不想再体会那种绝望和孤单了。

现在，只要Sunday表现出想让我坐下的意愿，我就会马上坐下。

等我乖乖坐下后，Sunday看我的眼神也会透出一股安心。

它会一边舔我的脸，一边用鼻子用力蹭我。

我就这样抱着Sunday在地板上睡着了。

我现在不是一个人了——这就是我睡前的最后一个念头。

我现在需要的既不是最先进的医疗服务，也不是救护车。

而是醒来时那种如释重负的安心感——我要确认自己并不是独自一人。

自从Sunday来到我身边，我就变了。

我很高兴能遇见Sunday，能和它相遇就足以让我感恩了。

Sunday，谢谢你选择了我。

05
Surgery

来，我们走吧。

妈妈罹患了阿尔茨海默病后，
你总是陪在她的身边。
Surgery，被你治愈的不仅仅是妈妈哦……

某天,我接到了爸爸的电话。

"最近妈妈的样子有点奇怪……"

"怎么了?是身体不舒服吗?"

"不……是同样的话需要说很多次了,也变得很健忘……可以的话,希望你能回来看看她的情况……"

我家离父母家只有四站的距离。刚结婚的时候,我经常回娘家,但随着孩子长大,回去的次数就少了。

"……我知道了。下周开始我尽量白天找时间过去看看。"

爸爸的声音听起来像松了一口气,我便挂了电话。

去了父母家没过多久,我就发现了妈妈的不对劲。

"我的眼镜应该放在这儿的,怎么不见了……?"

妈妈这么说时,爸爸立刻给我抛来一个"看,就是这样"的眼神。

于是我和爸爸帮着妈妈一起找眼镜。

我找遍了屋子也没找到,直到爸爸打开冰箱,才发现原来眼镜在里面。

"孩子她妈,找到了,眼镜好好地放在这里呢。"

爸爸温柔地对妈妈说。

这种情况一天内会发生好几次。爸爸看着我,脸上的表情似乎在说"我已经习惯了"。

我只是对妈妈的情况有点不知所措。

"好久没回来了吧。既然来了就自在地多待一会儿吧。"

即使我每天都去,妈妈也总是这么对我说。

"其实我每天都来"——这句话如鲠在喉。

妈妈究竟怎么了?我和爸爸都一筹莫展。

我觉得妈妈还没到得阿尔茨海默病的年龄——毕竟

她的同龄朋友们都还很健康,正是享受自己生活的时候。而且我婆婆比我妈妈年长,但精力充沛,什么事都能独自完成。因此,我很难接受这个现实。

妈妈是外科医生,一直在一家综合医院任职,退休前大部分时间都在医院里度过,可以说把一生都奉献给了工作。

爸爸则负责大部分家事和照顾我。毕竟只要一个电话,妈妈就得赶回医院——即便她已经把假期的旅行计划都做好了也得去。

全赖于爸爸的陪伴,我才没有因为妈妈忙于工作而感到孤独。

"妈妈的工作可以帮助很多人,她是一位伟大的妈妈哦。"

爸爸总是这么说。

其实对医生来说没有退休年龄,但作为医院的员工是有的。

当妈妈到了退休年龄时,她果断离开了这个岗位。

"从现在开始,我要尽情去做前半生压抑着没做过的事情。"

从医院退休时，妈妈爽朗地笑着说。

她做的第一件事就是养一只狗。她说这是她从小的梦想，因此毫不犹豫地养了一只柴犬。

她给这只柴犬取名为"Surgery"，即"外科手术"之意，还把它当成自己的孩子一样抚养。

Surgery和妈妈的关系很好，就好像认定了妈妈是它的老板一样，非常黏人，妈妈走到哪里都要跟着。

"生活有所寄托也是件好事。"

看到妈妈和Surgery相处融洽，爸爸笑着这么说。

就连去爸爸很喜欢的温泉旅行时，妈妈也会带上Surgery。

不仅如此，他们夫妇俩还很享受带着Surgery去散步的时光。

离开那份工作后，妈妈过着和以前完全不同的生活。

我不禁想，如果爸爸妈妈能永远这样安安稳稳地过日子就好了。

这种平静的生活仅仅过了四年。

"先带她去医院吧。"我和爸爸商量后做了决定。

不过，这个决定引发了妈妈的强烈抗拒。就算爸爸尽力安抚她，我也说会陪她一起去，让她别担心，但也行不通。

妈妈只是坐在一边，笑着对Surgery说："没病还去医院，只会增加医生的工作量。"

Surgery听后歪了歪脑袋，摇了摇尾巴。

为了把她带出去，我只能心怀愧疚地对她说："我们一家三口去逛街吧。"

等妈妈发现目的地是医院时，出离地愤怒了。

"我都说了不用做检查！"

即使检查后听了医生的解释，她似乎还是不接受。

药物只能减缓阿尔茨海默病的病发速度，不能根治。我和爸爸都祈祷药效能多持续一天是一天。于是，我们父女俩都成了提醒妈妈吃药的"人形闹钟"。

去超市买东西时，妈妈总是喜欢买纸巾。

因此，我们整个房子都堆满了纸巾盒。

"家里已经有很多囤货，不用再买了。"

尽管我们这么说，她还是每天都去买。

"没关系，也不是什么大问题，你喜欢买多少就买多少吧。"

爸爸一边握着妈妈的手一边说。

此外,她忘记关炉火的次数也增加了。

全靠Surgery用吠叫告知,我和爸爸才能及时把火扑灭。

然而妈妈完全忘记自己才是始作俑者,还责备我和爸爸,说:"小心点,这也太危险了。"

直到妈妈因为找不到钱包怀疑遭贼而报警时,我和爸爸也终于撑不住了。

我向警察说明了她的情况,请他们悄悄离开,妈妈还不解地怒吼:"你们怎么不调查啊?"

见妈妈一副怒不可遏的样子,Surgery冲向了她,轻轻舔了舔她没穿鞋的脚……

"啊,上班要迟到了。"

妈妈还会像这样突然记起要去上班,然后换衣服准备出门。

遇到这种情况,爸爸都会用"今天是休息日"做借口让她冷静下来。

"那我也得做好准备,以便随时接电话回医院。"

妈妈每次都气鼓鼓的,不以为然地回答。但很快,她又会突然坐在沙发上，呆呆地看着窗外。

每当妈妈出现这种情况，Surgery总是陪在她身边。

有时妈妈也会蓦地回过神来，开始慢慢地抚摸Surgery。

不可思议的是妈妈的眼神会渐渐变得柔和。

我和爸爸都对Surgery拥有的这种神奇力量充满了感激之情。

然而，事态还是发展到我们最担心的那一步——妈妈开始乱走了。

这是她罹患阿尔茨海默病后第三年发生的事。

妈妈会不分昼夜地出门游荡。我和爸爸一边祈祷着不要发生意外，一边紧张地寻找着妈妈。

当妈妈四处乱晃时，Surgery也一直陪在她的身边。

有时候运气好，我们能直接找到她，有时候则是接到附近派出所打来的电话后去接她——他们会通过Surgery项圈上留的姓名和电话号码跟我们联系。

"谢谢你，Surgery。"

每当Surgery陪妈妈从外面游荡回来，我都会摸着它的头向它道谢。

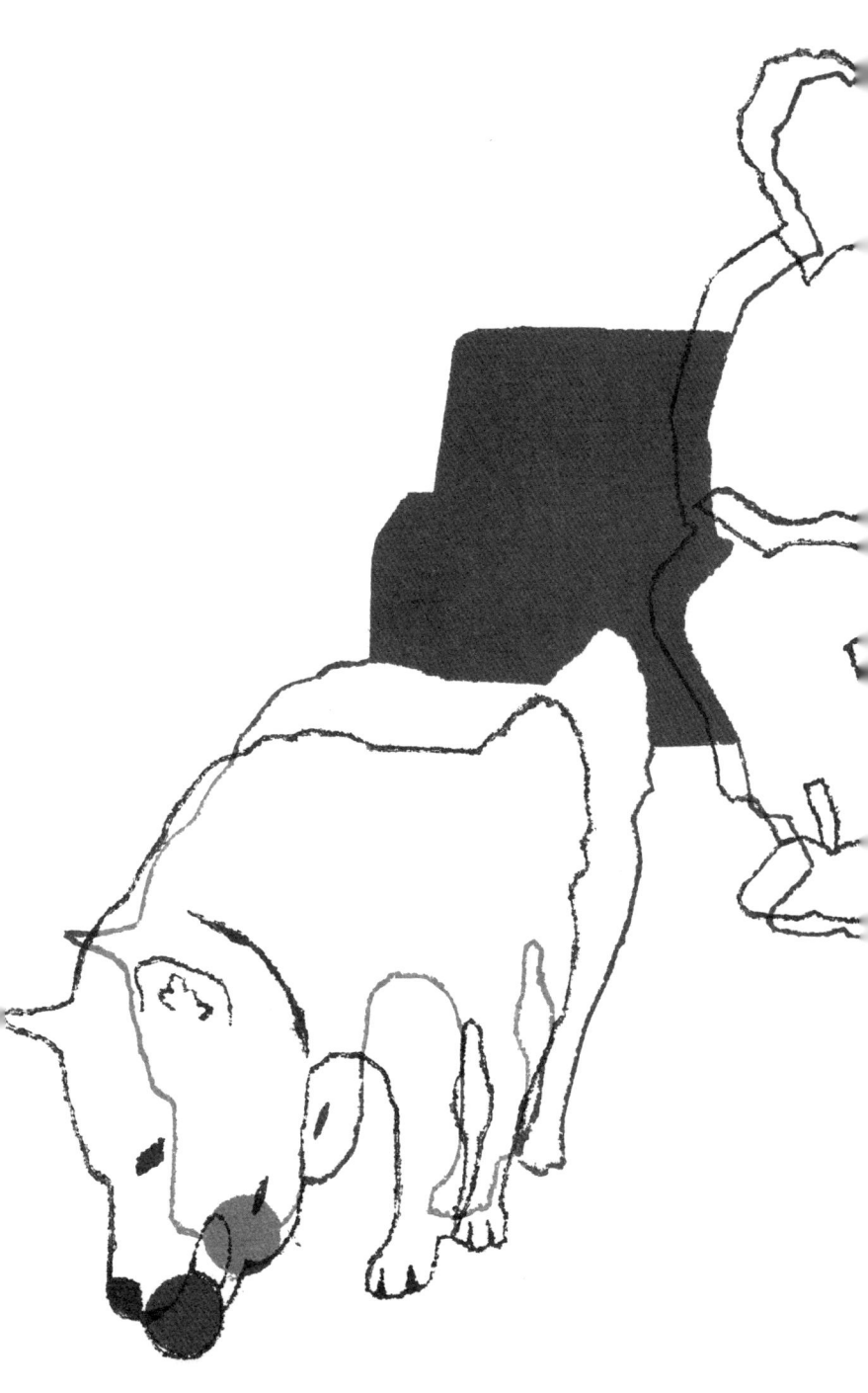

随着妈妈病情的恶化,我们的负担也越来越重。

我和爸爸都已经身心俱疲了。

"你们怎么不让我吃饭?""你们怎么不让我出去?""你们把我的事业,把我的一切都剥夺了。"

每当听到妈妈这么说时,我们都有一种深深的无力感。

而随着症状进一步加剧,妈妈变得不愿意换衣服和打理自己。她甚至会穿着睡衣就这么过一天,或是躺在床上,盯着电视屏幕发呆。

尽管她完全看不懂电视节目在演什么。

那一天,我在午餐时做了乌冬面。为了方便进食,我将乌冬面切成小段,准备等面条变凉一些就喂给妈妈吃。

"来,妈妈,吃午饭了。"

听到我的声音,妈妈却用空洞的眼神盯着我的脸。

"你……你是谁?"

这句话把我震惊得几近窒息。好像有某种东西从我心中迸裂而出——那种绝望让我一时失语。

我默默地从妈妈面前离开,可一回到厨房,我便虚脱般抱着膝盖坐了下来。

05 Surgery

不知不觉间,我的呜咽变成了号啕大哭。

我想起了小时候对妈妈的记忆——那个几乎不着家的妈妈。

我曾经很羡慕一位朋友的妈妈,她会在家里备着下午茶点心等我们回去。

但正如爸爸说的那样,我对能帮助很多人的妈妈心怀敬意。

我打从心底爱着那个会在我生日给我送很多书的妈妈。

但妈妈忘记了我——她把我从她的生命中抹除了。

我很伤心。那是一种无法用语言表达的悲伤。我很难过,难过到无法停止哭泣。

Surgery缓缓走到我面前坐下。

它静静地盯了我一会儿,把头搭在我的肩膀上哼哼唧唧地小声喷着鼻息。

别哭——我想,如果Surgery会说话,在那一刻它是想这么对我说的。

我以为Surgery是为了陪伴妈妈才尽可能地表现得坚强。

但我错了。Surgery的存在意义不止于此。对于看顾妈妈的我和爸爸来说,同样需要它。

我紧紧地拥抱了Surgery。仅仅如此,就让我感受到一种不可思议的平静。

我和妈妈一样,也通过"Surgery(外科手术)"痊愈了。

Surgery站起来了——也不知道它陪我坐了多久。

"来,我们走吧。"

Surgery的眼神仿佛这么说道。于是我擦干眼泪,站起身。

Surgery……谢谢你。

当我感到无可奈何又筋疲力尽时,总会想起Surgery这双眼睛,然后小声地自言自语——

"来,我们走吧。"

这是一句能让人重新站起来的魔法咒语,是只对我奏效的咒语。

是我从Surgery身上学到的,非常宝贵的东西。

06
Max

慢慢来,你要做一只幸福的小狗哦。

我一个人坚强地活着。
垂着耳朵、龇出獠牙的你,让我好像看到了自己。
但渐渐地,你和我都学会了敞开心扉……

那时对我来说，没有什么是放不下的。

就算我住的公寓失火，将我的家底烧得一无所有，我也觉得没什么大不了。本来无一物——这就是我的生活态度。

我还选择了过一个不结婚的人生。我在职场受够了累赘的人际关系，也在职场受够了因责任带来的压力。

一个人是最好的。我可以随心所欲地在任何时间做自己想做的事。

还有什么比这更好的？

虽然我没有宠物，但我买的二手公寓是可以养宠物的。当我在电梯里遇到一位住户抱着一只狗时，我无法理解他为什么要主动背负一条生命的责任。

那年春天，我四十岁了。生日当天，我请了假在家里放松。

突然，我感受到一阵强烈的震动。在这种几乎站不稳的摇晃中，我动作迅速地扶着墙，走到玄关开门出去避险。

究竟发生了什么事？

当我打开电视，屏幕上呈现了一个难以置信的世界。

那是"3·11"东日本大地震。

从那天起，电视上每天都会播放灾区的情况。

但即使发生了这么严重的天灾，我的生活也没有发生什么巨大的变化。

虽然有一些不方便，但我每天都会回去上班——如此循环反复。

大地震发生后过了一个月，我下班回家，照常打开了房间里的电视。

屏幕上是在地震中失去主人的宠物们的身影。

节目报道说，灾区里有很多宠物还在等着主人归来，志愿者组织正在寻找能够收养它们的家庭。

我目不转睛地盯着这个几乎由照片剪辑而成的节目。

看到那些照片时，我有种说不出的感觉涌上心头，回过神时，眼泪已经流了下来。

在众多照片中，有一张让我始终无法移开视线。

一只日本土狗在寒冷、饥饿和恐惧中颤抖，它垂着耳朵，缩在笼子深处龇着尖牙。

即使画面转换了,那只狗的瞬时表情也一直在我脑海中挥之不去。

我赶忙记下电视字幕所示的志愿者组织名称和联系方式,然后拨通了他们的电话。

我想帮助那只狗——我产生了这个念头。

尽管已经是晚上九点多了,志愿者还是很耐心地接听了我的电话。

我问起在电视上看到的那只狗。

志愿者告诉我:"虽然它现在没有拍照时那么具有攻击性了,但似乎仍然没有对人敞开心扉。"

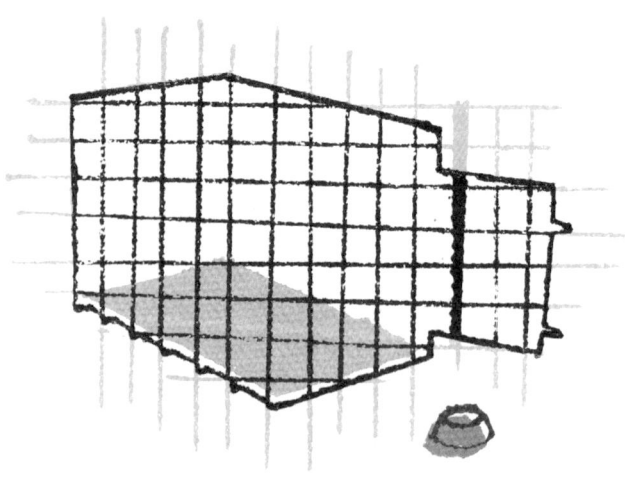

我和他们说后天过去看看,便挂断了电话。

我家距离灾区有点远,要去志愿者组织所在地的话,需要自行开车过去。

翌日,我花了一整天的时间准备:备车、采购食用物品,并为那些获救的小狗买了狗粮和水。我还买了一个大笼子,打算把那只狗放进里面带回来。

我一口气向公司申请了剩余的带薪假期。本以为会被拒绝,但公司欣然同意了。我本以为那些工作没了我就会无法正常推进——看来这只是我一厢情愿的自大想法。地球没了我也不会停转。

第二天早上,我在导航的帮助下从自己家前往志愿者组织的所在地。但因为车技生疏,我在路上花了四个小时。

到达目的地后,目光所及之处都是被救助的狗和猫。有的只是暂时寄养在这里,但更多的是等待领养的状态。

在电话里联系过的志愿者出来接待我。

我把准备好的补给品交给他,表示想马上去见见那只小狗。于是他将我领到一个临时搭建的板房深处。

那只小狗就在房间的尽头。

"地震发生后,这小家伙好像一直独自在外流浪,一边找主人,一边找吃的。我们发现它后就带回来收容了……"

我其实没太听进他的介绍。

自从看到这只害怕地坐在笼子里的小狗后,我的目光就无法从它的身上移开。这让我想起了在电视上看到它时产生的悲伤感觉。

它仍然皱着鼻尖,龇着尖牙。

它很害怕。

地震造成的环境剧变,让恐惧深深扎根在它的心里。

"……我可以把这孩子带回家吗?"

当我含泪说出这句话时,志愿者不禁用惊讶的表情看着我。

他吸了一口气,缓缓开口:"这小家伙大概认为自己是被主人抛弃了,所以不太信任人,也不喜欢被人碰。如果想和喜欢的人建立信任,你会做些什么?你愿意为这只狗做同样的事情吗?在它适应你之前,你需要经历更多'忍耐'。哪怕要花这么多功夫,你还是想领养它吗?"

这对我来说确实有点难。

但我几乎斩钉截铁地回答:"我可以。"

我想尽快把它转移到安置在车上的大笼子里。谁知志愿者只是稍微一碰到,它就更加用力地皱起鼻子,龇着尖牙发出低吼。

即使这样,它也没有张嘴咬人。归根结底,它只是怕人而已。

我又问了一些注意事项,签了领养协议,就带着它回了家。

每当车子晃动,惹得小狗发出低吼时,我的心都会怦怦直跳。

从那天起,我背负了前所未有的责任和压力。

我主动扛起了这一切——这个举动和决定连我自己都吓了一跳。

回到家后,我把笼子放在了原先预留的地方。我没有开电视,如非必要,也尽量不发出声音。我决定一天给它喂三次狗粮,每次放食物都会叫一下它。除了必要的照顾之外,我尽量不过度刺激它。

过了几天,我才想起要给这孩子取个名字。我想来想去,最终还是选择了"Max"这个名字,因为我希望将来它能抓住最多的幸福,成为一只最幸福的小狗。

从第三天起,我就打开了笼门。白天,我会把电视机的声音调得很小,这样能让它听到我日常起居的声响。此外还有洗碗的声音、冲马桶的声音、洗衣机的声音,以及我走路的声音。

即使笼子的门开着,Max也没有走出来。

到了第五天,Max会抬眼看我,然后一边嗅着周围的气味,一边慢慢地从笼子里走出来。我一动不动地坐着,眼睛一眨不眨地观察着Max。

我一眼就看出,它的戒心仍然很重。果然,Max被电视中发出的巨响吓了一跳,又迅速回到了笼子里。

随后,它一整天都没再从笼子里出来。

从这天起,Max开始从笼子里进进出出。每当我以为它有所进步了,却又缩进笼子里不肯出来了。

进三步,退两步——我想这就是那位志愿者所说的"忍耐"。

我确实得继续"忍耐"——道理我都懂,但仍然会感到不安。

要是一直都这么反反复复没有进展该怎么办?

06 Max

我一边这么想，一边坐在沙发上盯着天花板。

Max和往常一样慢慢地从笼子里出来，在房间里走来走去确认气味，来到我脚下，也会花时间辨认我的气味——就像要记起什么，又像要记住什么似的。

在这之后，Max没有回到笼子，而是躺在了房间的角落里。这是一个很大的进步。

我很高兴Max开始接受我了。

从那天起，Max走出了笼子，经常躺在房间的角落里。

它已经习惯了我日常生活的声音——电视机的声音、洗衣机的声音，还有我的脚步声和动作，不会再因为一点动静就如惊弓之鸟。

可以的话，我真想给Max一个拥抱，想一边抚摸它，一边和它说"别害怕"。但我选择优先考虑Max的感受。

不要着急——我得接受Max的现况。我没有催促Max，只是默默地守护着它。

用完带薪假之后，我回归了以往的生活节奏。我以前总爱加班，但现在不一样了。我更专注于工作，以便能够高效地完成每项任务，然后按时回家。

我拒绝了所有喝酒消遣的邀请，也不再为了打发时间而绕去购物了。

一想到家里还有小狗在等我，检票口的排队长龙就让人沮丧。我想尽快回家看看Max，一秒都不想耽搁。

回到公寓，出了电梯，我特意加大脚步声向大门走去。因为我想用响亮的脚步声向Max传达我回家的信号——即使我不能整天和它待在一起，但我肯定会回到它的身边。

一个月过去了，Max没有进一步缩短我们之间的距离。

我们在彼此保持一定距离的情况下过日子。

"Max，准备吃饭喽。"

当我一边准备狗粮一边喊它时，Max总会竖起耳朵盯着我看。把狗粮放好后，我会站远一点，然后Max就会慢慢靠近食盆。

Max吃狗粮时会发出呜呜的声音，我想大概是它之前在外流浪受饿的经历导致的。

看它身上的伤痕，在外流浪的时候肯定还为抢食物打过架。每当想起Max被伤得支离破碎的心，我总是忍不住涌出泪水。

"没有其他狗会和你抢食物……这些食物都是Max

的，你慢些吃吧……"我嘀咕道。

不知道还要这么默默观察Max多久，也不知道Max最终会不会接受我。

诸如此类的绝望感又催生了我的泪水。

我之前根本没有意识到志愿者所说的"忍耐"会这么痛苦。

和Max一起生活了两个月，梅雨季开始了。

这个季节的每一天都是潮湿的，在这样的天气里，每天整个人都觉得很郁闷。

我靠着沙发坐在地板上，用手机发短信——我需要定期向志愿者组织汇报Max的近况。

每次只能写一样的内容令我深感无奈。

不久后，Max开始在房间里转来转去，走路的姿态非常自得。

我用手机拍了一张Max在房间里走来走去的照片，它居然没有被快门的"咔嚓"声吓到，反而走到我的脚边来辨认我的气味。

我像往常一样伫立在原地看着，然后，Max开始舔我的脚趾。我至今还记得自己当时的惊讶感。

从这之后,Max会躺在我身上,就像要让我感受它的体重一样。

我光裸的脚背能感受到Max的体温,非常暖和。

我慢慢地抚摸着Max的背。缓缓地,轻柔地,一遍又一遍。

眼泪夺眶而出,喉咙像哽咽时一般发疼。

原来其他生命的体温这么温暖……

能成为Max的依靠,居然是这么幸福的一件事。

"Max……我现在超级开心。我的心里能感受到温暖和柔软,我真的很开心。谢谢你,Max。非常感谢你,愿意选择和我在一起。"

我大声哭了起来。

我哭得难以自抑……也不知道身体里从哪里来那么多的眼泪。

对我来说,在遇到Max之前,没什么是放不下的。

但我遇到了Max,一切都变了。

拥抱一个应该被保护的生命,能给人带来源源不断的生命力。

"Max,慢慢来,你要做一只幸福的小狗哦。"

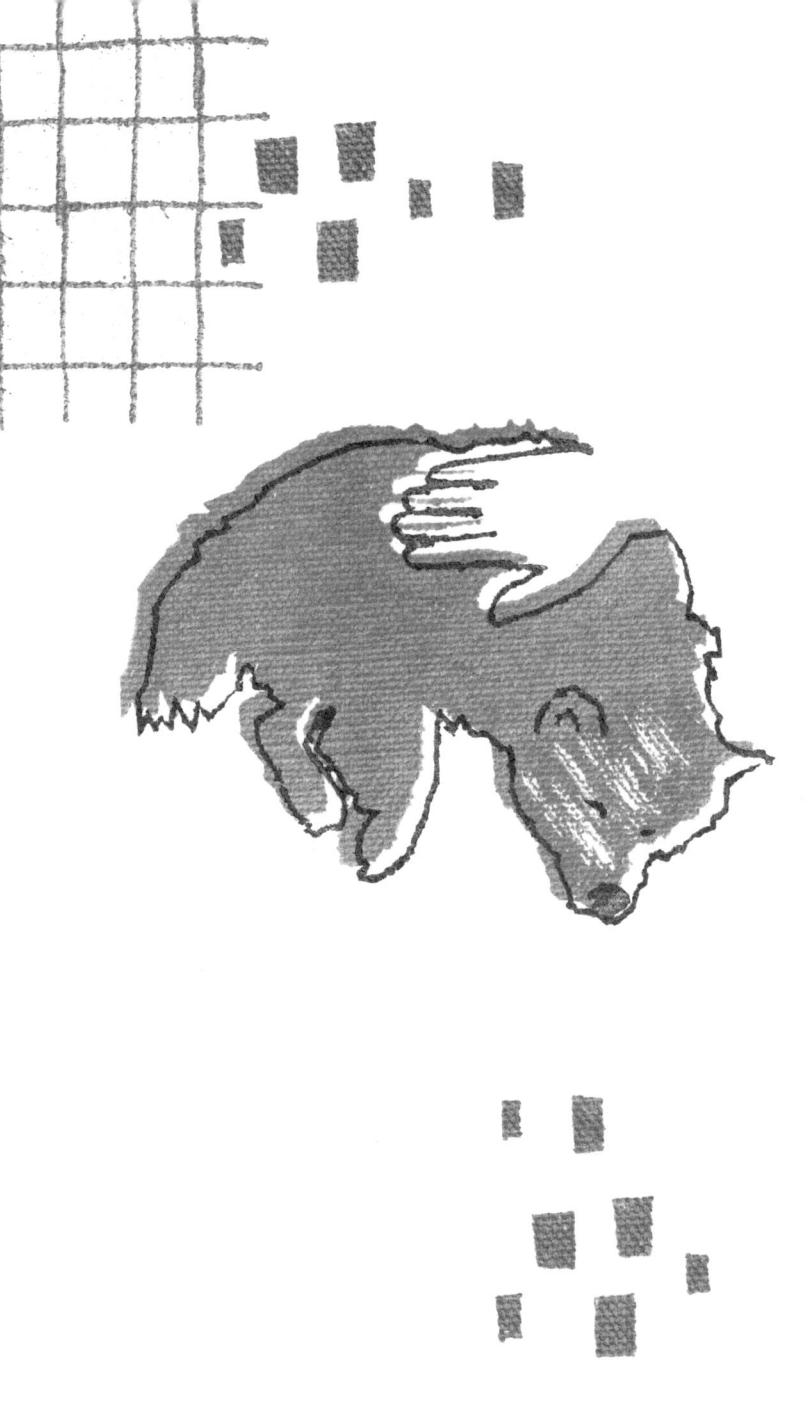

07
空知

不会轻言放弃的信念。

一生要强、几乎没哭过的我一点也不招人喜欢。
也只有你这种丑丑的小狗会来到我身边。
正因为有你,我才第一次学会了敞开心扉。
空知,能和你相遇真是太好了……

我是一个不会哭的人。即使遇到悲伤的事也不会流泪。

我是三姐弟中的老大。就算想被妈妈宠着,也得把这份宠爱让给弟弟们——就因为我是姐姐。

虽然父母并没有对我这么说,但我知道,我得表现得像一个姐姐。只有弟弟们才有哭的资格。

如果连我也哭了,就没有人能安慰哭泣的弟弟们了。这就是我不能哭的原因。

四年前的夏天,妈妈自杀了。我从租住的公寓赶回家,却连妈妈的最后一面都没见着。我冷漠地看着哭得停不下来的亲人,忍不住腹诽:哭又有什么用?

我代替颓然耷拉着肩膀的爸爸主持了葬礼。

我呆呆地看着从火葬场冒出的浓烟升上盛夏蔚蓝天空,却只喃喃地说了一句:"好热。"

人只要活着,每一天都可能遭遇这种"偷袭"。随着被"偷袭"的次数增多,我的心也变得越来越坚硬。这种心脏仿佛不再跳动的感觉，用"变硬"来形容真是再准确不过了。

这种状态可以是瞬间形成的，也可以是经过长久的岁月沉淀而成的。

期待越高，被"偷袭"后受到的伤害就越大，我心中留下的芥蒂就越多。

不断说谎的大人，轻易背叛他人的大人——无论在小时候还是长大成人之后，我见过很多这样的人。但即使这样，我还是粗心地相信了别人。

奶奶常说："与其骗人，不如被骗。"

但在现实世界中，想做到这一点非常困难。奶奶……道理是这么个道理……但真的很难做到啊。

不管怎么看，像我这种无论遇到什么事都不轻易落泪的女生，终究属于不招人喜欢的类型。

"你是一个可以独立生活的女人。"

我的每一段恋情总是在对方说出这句话时走向终结。

每次都因为同样的理由失恋，反倒让我对这些话上了心。

一度因为信任而打开的心，和发自真心说出的话，都失去了承接的载体，我的信任和借出的钱也都付诸东流了。

在第五次失恋回家的路上，我路过了一家宠物医院，看到一张海报上写着："快来领养小狗（法国斗牛犬）吧。它很安静，不怎么叫唤。"

看附带的照片，那只小狗怎么看都和可爱不沾边。这就是所谓的"丑狗"吗？我几乎没停下脚步地路过了。

一点都不可爱的狗。乖乖听话的狗。一个不讨人喜欢的女人和一条丑狗。

不会哭的女人和不会叫的狗——真是绝配。一想到这里我就笑了。

过了大概两个星期，那张海报还是没换。不知不觉间，每当我路过那家宠物医院，都默默希望海报还在。

如果两天后这张海报还在，我就把这只丑狗领养回去。

一只丑狗和一个不招人疼的人。

与其骗人，不如被骗——我已经做好了进入"丑狗骗局"的心理准备。

不过，一直用"丑"来形容它的话，这只法国斗牛犬也太可怜了，所以我认真地想了一个名字。

07 空知

思来想去，为了好听，就给它取了个叫"空知"的名字。"了解天空"——这个含义令人耳目一新，当中也有"了解空虚"之意。一旦知晓空虚，接下来要做的便是填补空虚。

空知一开始对我还有点警戒，但很快就翻出了肚皮，一副乐呵呵的样子。

而且就和那张海报描述的一样，空知是一只不会乱吠的老实狗狗。

空知总喜欢叼着一个球去散步。

刚到公园，它就把球丢在我面前，催我扔出去。

每当空知摆出前爪着地，臀部高高抬起，尾巴左右轻摇的姿势，我就知道它是在催我和它玩了。

虽然我尽全力把球扔出去了，但以我的姿势和力气，还是没能把球扔多远。

一直没能尽兴地玩投球游戏的空知呆了片刻，才"啪嗒啪嗒"地跑过去捡球。跑远的背影看起来有点悲凉。

它明明那么期待，我却没能把球扔远一些。

换作是我，早就不对投球游戏有所期待了。

空知……为什么你总相信我能把球扔远呢？

为了不再辜负空知的期待,我决定要认真对待投球。

我起了个大早在体育公园宽敞的停车场里练习投球。当然,我提前做了一些功课,譬如一边看从未看过的职业棒球比赛,一边学习投手的姿势。

我本以为只要练习就能轻松掌握投球技巧,结果做起来却发现非常困难。我的四肢仿佛重新安装一般,根本无法使力,要么是出手的时机不对,要么是投出的球从脚边弹起来打在自己脸上。

空知在旁边用"好想捡球"的眼神看着我。

07 空知

"再等等吧,空知。总有一天我会把球扔得远远的。"

我边说边摸着空知的头,它则翻出肚皮摆出开心的姿势。

经过连日的练习,我已经可以把球扔得很远了。而空知看到我准备扔球的姿势,也会提前开跑。

球越过空知的头顶,落在了它前进的线路上。空知把球叼在嘴里,甩着尾巴跑回来。

这才是我和空知追求的投球游戏!

有时候,空知会追着带球跑的我,而我也很享受它的追逐。

看着空知连蹦带跳地追过来,我总会开心得笑起来。

被空知追上后,我会"大"字形躺在柏油地面上喘气。

空知则一直舔我的脸,似乎在催我快点继续。

很快,严冬降临。在日本的东北,早晨就连呼吸都带着一层冰冻过的雪白色。

寒冷难耐,我减少了投球的次数,将更多的时间花在了追逐上。

其实这么玩也挺不错。空知从不会违背我的意愿,无论玩几次都会来追我。玩乐中的空知追上我时,眼睛都会闪闪发亮,而我也会尽情欢笑。我们总是肆意地奔跑,然后我会在冰冷的柏油地面上躺到舒服才起身。

有一天,我和空知一如既往开心地玩着追逐游戏。

等我反应过来时,发现空知并没有追上来。一转身,我就听到似乎有什么东西从远处向我跑来的声音。定睛一看,原来是一条大狗向我和空知全速奔来。

这件事发生得非常突然。大狗一口咬住了空知的脖子左右摇晃,就像一头擒获猎物的狮子一样。空知只来得及发出一声短促的惨叫。

大狗的下一个目标是手里拿着球的我。

空知连忙站起来挡在我的面前,对着大狗龇牙。

就在这时,我看到这条大狗的主人带着项圈和狗绳急匆匆地跑过来。

大狗这次咬住了空知的后腿。它的主人已经用狗绳牵住了它,但即使是有饲养大型犬经验的主人,想牵制住一条进入战斗状态的大型犬也不容易。

空知的身体被鲜血染红了。

我浑身都僵住了。我又变回了那个遭到"偷袭"后会变得"坚硬"的自己。当时有一位正在慢跑的路人帮我把空知送去了动物医院——虽然平日里我也没留意过有这个人。

最终,这场突如其来的"偷袭"还是让我的思维和心灵,以及其他一切都陷入了停顿。

空知在一所动物医院接受了治疗。大狗的主人一直低着头说"对不起",但我一直一言不发。

"谁是这只狗的主人?"医生问道。

我抬头盯着医生。

"别的主人遇到这样的意外早就慌得不行了,你很冷静。"

医生说着微微点了点头,然后让我进入了治疗室。

我一走进治疗室,就看到空知缠着绷带躺在那里。

它看起来很平静,似乎没有我想的那么疼。

见空知既不呻吟也不叫,我低声问医生:"它看起来好像不觉得疼,是不是没伤得那么重?"

"不是的。其实空知脖子上的伤比我预料的要重,我们会尽力的,不过现在……虽然它不叫不闹的,但狗狗在觉得疼痛时,会一直保持静止不动直到恢复为止。所以它们在吃痛时,通常会立着前腿蹲着,或者一动不动。"

医生的话令我大受震撼。但已经坚硬封闭的我,还是没有流下一滴眼泪。

从第二天开始,我每天早晚都会去一次动物医院。

我看着一动不动的空知,想象着它正在承受的痛苦。

但也只能一边揉着它的背,一边依靠想象与它共情。

第五天晚上,我接到了动物医院打来的电话,让我方便的话尽快过去一趟。

"今晚很可能是一道难关。"

医生没有把话说全。

我顶着隆冬夜晚的寒风,奋力骑着自行车去了医院。

我的手和心都在寒风中冻僵了。

到了医院,我摸了摸躺着的空知,把额头贴在它的脸上。

"对不起,空知……让你这么难受,以后再也玩不了投球了。跟你玩耍真的很快乐。对不起,空知……"

沉默了一会儿的医生缓缓开口:"哭吧。在这种时候,尽情地哭出来可以减轻痛苦和煎熬。"

旁边的护士轻轻地抚着我的背。

在温暖的手一遍又一遍的安慰下,我喉咙发紧,难受得泪流满面。我终究还是哭了。

"尽情哭吧。"

不知道为什么，医生的话令我悲从中来。痛，太痛了。我泣不成声。

"我不想再也见不到空知，只留我一个人的话，太孤单了，空知……"

所有的情绪一下子全涌了上来。我难过得无法自已，泪如泉涌，止都止不住。

我终于放声大哭，将迄今为止一直憋着的东西全部宣泄出来，眼泪几乎都落在了与我依偎的空知身上。

空知身上插着许多管子。我整晚都在照顾它。

偶尔会有护士进来查看空知的情况，随后说了一句"情况稳定了"，便返回了最里面的房间。

夜很漫长。在那个漫长的夜晚，我想起了和空知一起度过的时光。

投球游戏，开饭时空知的表情，空知翻出肚皮和我玩闹的样子……

一切都是那么有趣。一想起空知的种种，我又崩溃大哭起来。

漫漫长夜终于破晓。天刚翻出鱼肚白，空知就睁开了眼睛。

07 空知

"空知……"

我小声呼喊它。空知用茫然的眼神回头看着我。

"空知,不要离开我……再跟我多待些时光吧……"

医生很快就来到了病房。

"看来它已经跨过了鬼门关。不轻言放弃的信念也很重要呢。"

空知终于结束了漫长的住院日子,健康地回到了我的身边。

我和空知的生活得以延续。

其实哭泣必不可少。难过的时候就不必顾虑旁人所想,大声地哭出来吧。

唯有这样,你的声音才会让在乎你的人听到。

我第一次明白这个道理。而这一点,是空知教会我的。

第二章
狗狗对主人说的话

01
巧克力

你可以尽情地哭泣。

圭介和加奈开了一家咖啡店,
我是店里的"招牌狗"。
虽然这家店总是客满,
但他们也有自己的烦恼……

圭介和加奈没有孩子。

这一点，我来这个家没多久就知道了。

"为什么要放弃？明明还有很多办法。"

圭介的妈妈用略显强硬的语气责备加奈。

"也不能因为生不出孩子就开始养狗吧……"

"妈妈，话是这么说，但即使继续治疗，效果也是有限的，不仅会给身体造成负担，加奈的精神负担也会很大。"

圭介语气和缓地和他妈妈解释清楚。

谈话已经在这种沉重的气氛中进行了许久。

我被加奈抱在腿上听着这一切。其间,加奈一句话都没说,一直低头看着我。

(加奈哭了。是觉得哪里疼吗?加奈,你是不是生病了?)

我听不懂他们在说什么,但是,我看见加奈在哭。

所以我认为,他们肯定在聊不好的事情。

我是阳春三月来到这个家的。

在圭介和加奈经营的咖啡店开业时,我是作为"招牌狗"被带过来的。虽然刚来那会儿,我真的不知道招牌狗应该做什么。

每天都有很多客人来店。高中生、白领丽人、住在附近的爷爷奶奶,当然,也有圭介和加奈的朋友。

每当有客人来,加奈都会向他们介绍我:

"这是我们的招牌狗巧克力。它很乖,不会胡闹,你们不用害怕哦。"

加奈总是带着灿烂的笑容向新客户介绍我。因此,我也交到了很多朋友。

从那时起,我也终于明白了招牌狗的工作内容:

第一，结交很多朋友；

第二，不吵不闹，帮加奈招呼客人；

第三，加奈重视的人我也要一视同仁地重视。

坚守以上三点就是我作为招牌狗的职责。

无论来的是怎样的客人，加奈都会亲切地与他们交谈：

"欢迎光临，今天的天气真不错呢。"

"哇！好久不见，最近过得怎么样？"

加奈这么笑着和客人打招呼时，大部分客人的情绪都会被调动起来，随之微笑着回话。

我真心觉得加奈是聊天的天才。

但在看到带着婴儿的客人进店的那一瞬间——是的，只有那么一瞬间，加奈的眼中会闪过一丝寂寞。我都能看出来。

有一天，一位客人抱着一个小婴儿进店了。

"好可爱的宝宝啊。"

加奈打完招呼就回到后厨，一边准备客人点的冰咖啡一边流泪。

我能理解加奈的不甘。即使他们嘴上已经说了放弃，

但心里还是放不下。

她肯定因为两人不知什么时候才能更进一步而自责。

我走到那位带孩子的客人座位前,摆出很多讨喜的姿势逗他们开心。

就连一开始有点害怕的宝宝,也很开心地摸了我的耳朵。

"巧克力,谢谢你哦……我果然还是放不下呢。我知道这也是没办法的事,但一看到小婴儿,我的心就会揪起来……"

我舔了舔加奈的脸颊,试图拭干她的泪水。

"谢谢你……巧克力。"

加奈紧紧地抱住我,小声哭泣着。

(别哭,我会好好照顾加奈的……所以,你不要哭了。)

我在心里不断地重复。

那天晚上,圭介温柔地对加奈说:"父母可以和他们的孩子一起创造很多或快乐或悲伤的回忆,也可以从这些回忆中学到很多东西。但是,既然我们没有孩子,那就由我们两个一起创造更多的回忆吧。和更多的人产生联系，从他们身上学习更多道理，再去制造更多的欢乐。从今往后，我们就一起为此努力生活吧。"

听完他的话，加奈失声痛哭。

圭介轻轻地抱住了加奈。

我则静静地坐在加奈的脚边。

伤感令加奈泪如雨下。

她用了两年的时间，终于让自己在看到带婴儿来的客人时，眼里不会再流露出那种稍纵即逝的寂寞。

她已经能和带婴儿来的客人正常交谈了。

在面对她们时，加奈也不再露出讨好的笑，而是发自真心的笑。

"老板娘，您有孩子吗？"一位年轻宝妈问道。

"有哦！我有一只活泼的毛孩子，它叫巧克力！很高兴认识你。"加奈笑着回答。

闻言，客人似乎有些惊讶，但还是立即微笑着抚摸我的头。

我使尽浑身解数，摇着尾巴和她打招呼。

加奈变得比任何人都坚强和温柔。她被许多朋友簇拥着，也总是面带微笑。

她不再像以前那样一个人偷偷哭泣。

而是会为任何人任何事，尽自己最大能力做到最好。

譬如为咖啡店创造新品菜单，甚至在院子里辟了一个小小的玫瑰园。

圭介为我换了一辆更大的车。

"这样巧克力就可以和我一起去旅行了！车里空间这么大的话，就能在里面睡觉了。"

加奈也被这辆车的体积吓到了。

无论春夏秋冬，在休店的日子里，我和圭介、加奈都会开车去旅行。

直至尽兴而归。

即便旅途不甚顺利或突遭惊险，我们依旧会笑容满面地回来。

某年的秋天——

在冬天的脚步越来越近时，加奈突然说："我感觉不太舒服……"然后就沉沉睡去了。

总是那么有精神的加奈怎么突然……我不免担心了。

我一直坐在加奈旁边，看着她的情况。

很多熟客和朋友听闻加奈不舒服后，纷纷发来慰问短信。

01
巧克力

纷至沓来的信息让她的手机一直"嗡嗡"地响个不停。

安静点儿——我朝手机吠道。

但任我怎么吠叫，那些信息还是一个劲儿地发过来。

"巧克力……别担心，我很快就会好的。"

虽然加奈身体不舒服，但还是笑着这么安慰我。她看起来真的很难受。

圭介用一如既往的热情招待客人，一有空当就跑到加奈近前查看她的情况。

"你感觉怎样了？"

听到圭介的问候，加奈才从被窝里伸出手回握他。

"嗯……"

仅仅这个回应，似乎就花光了她所有力气。

在加奈病倒的第三天，圭介在店门上贴了一张告示，上面写着"东主有事，本日休店"。

"巧克力，我要带加奈去医院，拜托你看家喽。"

圭介摸着我的头说道。

医院是早上九点开门，所以两人在八点三十分左右就离开了。

两人前脚刚走，后脚就有客人来到店门前，嘀咕了

从狗狗那里听来的好故事

一句"今天休店啊",就一脸失望地离开了。

(毕竟这家咖啡店很受欢迎呢……)

我再次认识到这家店和他们俩的受欢迎程度。

他们一大早就出去了,直到中午还没有回来。

无所事事的我不停打哈欠。

没有客人上门,就没有交流的对象。

加奈不在,我就不用帮忙看店。

圭介不在,也没人陪我玩。

沐浴在秋天的阳光中,我迷迷糊糊地睡着了。

猛然惊醒后,我才发现已经是下午三点了。他们居然到现在还没回来,我开始担心了。

(加奈该不会得了什么重病吧……)

我很担心加奈,急得在房间里转来转去。

等到暮色四合,两人终于回到家。

你们回来得太晚了——我隔着门窗叫了一声。

加奈拿着一个大纸袋,笑着下了车。

"巧克力!"加奈大声喊我。

我很惊讶。明明加奈那么不舒服,却还能笑着,这么大声地叫我的名字。

（咦？难道她已经康复了……）

加奈打开门，朝我缓缓走来。

然后，她慢慢地，紧紧地抱住了我。

"对不起哦。我们一时太高兴，跑去购物了。巧克力，你听了可千万别吓一跳哦！你知道吗……我要当妈妈了。"

我大吃一惊。

加奈，你要当妈妈了？要成为你一直渴望成为的"妈妈"了？

（太棒了！太棒了！加奈，你真的太棒了！真是太好了！！）

我本想像往常一样，用猛烈的蹦跳来表达我的兴奋。

但现在不行。因为我知道加奈在哭。

她正伏在我的背后无声哭泣。

加奈，我真为你感到开心。我真的非常、非常开心。

我懂的。之前你那么难过，那么悲伤，已经流过太多眼泪了。

所以在你感到喜悦的时候，也可以尽情地哭泣哦。

我很开心。圭介的眼眶也微微泛红。

恭喜你,加奈。真的太好了。

加奈带回来的那个纸袋,里面的东西我看到了一点点。

是可爱的婴儿衣服。

我真的为你高兴,加奈。毕竟,我要当大哥了!

02
毛茸茸

谢谢你救了我。

我们没办法为自己选择主人。
因此,我们能否幸福也取决于主人。
换句话说,我不幸福。
但是有一天,一位小天使来到我身边……

从狗狗那里听来的好故事

　　无论严寒还是酷暑，我的生活一直伴随着枷锁。

　　难道我要被这么拴着过一辈子吗——我每天都怀揣着这个疑问。

　　小时候我还能待在家里，但从某天起，我被锁在了外面，就这样被遗忘了……

　　原本白色的毛发现在都脏得变成了棕色，还打绺变硬了。写着"水"字的盆子里盛满了雨水。回想起来，盆里有时还会放点剩饭。

　　在我还被锁在外面生活时，邻居家添了一位新成员。

　　那个婴儿经常大声哭泣，听起来应该很健康。现在想起来，感觉时间已经过去很久了呢。

　　昔日的婴儿最近开始上学了。

　　那个小女孩每天放学回家都会过来看我一眼。

　　在一个春光明媚、万里无云的下午，我正躺在玄关前呢，那个小女孩突然跑过来找我。

　　"你好，我叫千伊。"

　　我很惊讶。这孩子究竟在跟谁打招呼？我回头看了看身后，也没别人。她竟然是在和我说话。

我倏地起身，凝视着她。

（不知怎么，她突然一副泫然欲泣的样子，不知道是不是我的模样太吓人了……）

然后，她转过身，背对着我坐下，而后慢慢地向我挪过来。

"千伊不是坏人，不会对你干什么的。"

她边说边慢慢地靠近我。在看不到身后的情况下后退应该很可怕吧，但她为了靠近我，似乎在尽力往后挪。这一幕我都看在眼里。

小女孩一直退到我的鼻尖前面，她似乎有点紧张，只是背对着我。

我轻轻嗅了嗅她身上的味道。有香皂的味道。

"听我说哦，千伊不会对你做什么可怕的事情，不，我什么事都不做。所以，你能和千伊做朋友吗？"

说完，千伊稍稍转身，对我笑了笑。

我轻轻摇了摇尾巴。但我其实很高兴。

从第二天起，我开始期待千伊的到来。

千伊每次都会一边大喊着"毛茸茸"一边跑过来。

我背对着她跟她打招呼，千伊也会转过身子后挪过来。

当我们背靠背时,千伊会开心地咯咯笑出声。

千伊每天都会来看我。

我和千伊每天都会玩很多游戏。

比如用鲜花做有颜色的水和泥团子玩过家家,或是玩足球。

千伊把足球轻轻踢过来,我就用鼻子顶回去。

球接得不算好,但千伊似乎玩得很开心。

千伊会和我说很多话。关于学校的,关于爸爸的,关于妈妈的。她说爸爸妈妈都在工作,放学回到家也只有她一个人。

等千伊的妈妈下班回来,她会和我说一声"拜拜,明天见"再回家。

我有生以来第一次对明天充满期待。

即使我又脏又臭、瘦骨嶙峋、脏兮兮的毛发直打绺,千伊还是会把我当成"朋友",每天过来找我玩。

一想到千伊会来,我就兴奋不已。这还是我第一次有这种感觉。

夏天来临,一旦遇到高温持续不下的天气,千伊就会用印有小花图案的水瓶给我装来好喝的水。

之前我总是得喝盆子里那些已经变成棕色的雨水……

"喝了这种脏水会生病的,生病了我们就没办法玩了。所以毛茸茸,不可以喝那些脏水哦。"

千伊的善意让我很开心,她偶尔还会给我带一点吐司边。

"妈妈说不能挑食,但是千伊不喜欢吃这个部分。"

她说着就把吐司边给了我。

(吐司边明明这么好吃,怎么会有人讨厌吃呢?)

我歪着头,很想问问千伊。

放暑假时,千伊跑到我这儿来画画。她一边嘴里发出"嘿哟、嘿哟"的声音,一边把肩上看起来很重的画具放下来……

因为我们家所在的地势较高,可以轻松地俯瞰城市。

千伊努力地描摹景色。

"这可是我的暑假作业,毛茸茸不能来妨碍我哦。"

千伊一脸认真地说。不过画纸上呈现出来的图案,看起来就是许许多多的方框。

完成这幅画后,千伊要接着画我的画像。

"毛茸茸,别动!"

我按照她的指令躺下了。

但她画好的画看上去就是一团棕色的色块。

我知道不该笑的,但还是被逗得下意识摇起了尾巴。

这可是千伊费了功夫给我画的画像。

看到这幅画,我不由得产生了一种"这辈子没白活"的心情。

夏天结束,秋去冬来。

到了早晚都变得非常冷的时节,某一天千伊哭着走来。

"……妈妈说,不让我和毛茸茸一起玩。她说毛茸茸很脏,她不想我生病……她为什么要这么说啊?明明,毛茸茸是千伊最要好的朋友啊……"

千伊说着就紧紧地抱住了我。

千伊……你妈妈说得没错,我真的又臭又脏。

就像你妈妈说的,如果继续和我玩,你肯定会生病的。我早该在你妈妈说这种话之前就大声吠叫着把你赶走的。

但我做不到。我怕千伊再也不来看我了。

正因为我没吠,我们才能一直在一起玩。对不起……

"千伊,你快回家吧!"

我对着千依大声吠出这句话。就在这时,鲜少在白天回家的主人刚好看到我突然凶千伊,一脸惊讶。

但他的惊讶很快就转变成愤怒。

他"咯噔咯噔"地快步走向我,猛地踢了我一脚。

我因为剧痛而发出悲鸣。

千伊被吓得一动不动地呆在原地。

要是他也对千伊动粗怎么办?

我忍着痛站了起来。

主人朝我骂道:"你干什么?!你是准备咬小孩吗?!你这只蠢狗!!"

我被抓住项圈扇了好几个巴掌。最后,主人又踢了我一脚才回屋。

被踢中的胃疼得厉害,我当场蹲了下来。

千伊依然被吓得无法动弹。

(对不起,千伊,我没事的,你今天还是先回去吧。

千伊，对不起，吓到你了……）

千伊惊恐得面容扭曲，她慢慢后退，而后跑回了家。

比起被踢疼的肚子，我更担心的是让千伊留下了恐怖的回忆。

再见，千伊。不要再来找我了……

对不起，千伊。明明，我们好不容易才成为朋友的……

从第二天起，千伊就不来了。

即使是放学回来，她也不来看我一眼就进屋。

我还是会难过，也很伤心。

不过看到那恐怖的一幕，也难怪千伊不会来了。

我被打回原形，又变回孤零零的一个……

每天都很冷。

冬天真的来了。以目前的身心状况，我没有信心能熬过这个冬天。

就在我抱着这种情绪得过且过时，千伊的爸爸妈妈拿着一个大包裹向我家走来。

（发生什么了？是不是千伊那时被吓出了什么问题……）

在千伊的爸爸妈妈出来前,我一直担心地站起来盯着前门。

大约一个小时后,千伊的爸爸妈妈一边礼貌地向我的主人鞠躬,一边从前门出来。

千伊的妈妈看我呆站着不动便向我走来。然后,她小心地伸出手,小心翼翼地摸了摸我的头。

我低下头接受了千伊妈妈的抚摸。她的手好温暖。

(究竟发生了什么……)

我有点不自在。

但没过多久,就轮到千伊和她爸爸过来看我了。

"毛茸茸!从今天开始,你就是千伊的小狗喽!"

(啊?)

我不知道这是什么意思。

我看着千伊的眼睛,歪了歪头。

"是这样的,千伊问过爸爸妈妈了。我想养毛茸茸。因为,我不能把毛茸茸留在一个会使用暴力的人身边。从今天开始,毛茸茸会永远和千伊在一起,还有爸爸妈妈,我们永远在一起!"

说着,千伊紧紧地抱住了我。

这是不是意味着我不再孤单了?

02 毛茸茸

也不会再被踢或者大声呵斥了?

我能和最喜欢的千伊永远在一起了吗?

这种幸福是真的吗?

"快点,毛茸茸!快点搬到千伊家去!我什么都不要,我只要毛茸茸!"

妈妈取下拴着我的链子,和千伊一起往她家走去。

好久没看到千伊灿烂如向日葵般的笑容了。

她转身对我说:"毛茸茸,之前只有你一个,很寂寞吧?不过没关系,从今往后,毛茸茸和千伊就是一家人了。我们要永远在一起。"

我高兴得不能自已。

我太幸福了。我晃着很久没动的尾巴,很快,尾巴的晃动速度就超过了从前的每一次。

平安夜,我第一次亲了千伊。

我现在住在温暖的房间里,看着外面的风景。

而千伊正在画缩进被炉里的我。

"毛茸茸,千万不能动哦。"

我瞥了一眼她的画,看到她画的我比夏天时进步了不少。

而且画中的我看起来非常幸福。

因寒冷瑟瑟发抖,因饥饿伏倒在地,因挨踢疼痛难忍……这些苦难都已经变成往事了。

爸爸会抱紧我,妈妈会摸摸我。

千伊还会给予我无尽的温柔和善意。

我不再孤单了。

谢谢你救了我,千伊。

从现在开始,换我来守护你吧。

03 小春

等春天来临时，让庭院里的花重新绽放吧。

我曾经拥有一个非常幸福的家庭。
但爸爸去世后，一切都变了。
妈妈的精神开始出现问题。
那段时间，我非常担心她……

从狗狗那里听来的好故事

我是在小雪一岁生日那天来到这个家的。

因为爸爸经常出差,为了不让妈妈和小雪感到孤独,他决定养一只西施犬。

当我第一次与妈妈和小雪见面时,她们惊讶得睁大了眼。

妈妈紧紧地抱着我,微笑着说:"你好呀。"

小雪也看着我,那眼神似乎在说"这是什么"。但看见妈妈抱着我,小雪终于放下了警惕,向我伸出了手。

我用鼻子碰了碰她胖嘟嘟的手,和她打招呼。

小雪咯咯地笑了,她的笑容又感染了爸爸和妈妈。

经过爸爸妈妈的商量,给我取了一个名字叫小春。因为小雪是在冬天出生的,他们希望她能永远被春天的和煦暖风包围。

"能被季节围绕,小雪很幸福呢。"妈妈说道。

小雪还太小了,说话不算流利。

她连路都走不稳,不过听到电视机传出音乐时,会一边拍手一边转着圈圈跳舞。但她经常用力过猛,最后

03 小春

只能摇摇晃晃地一屁股坐在地上。

看到小雪高兴的样子,妈妈也会高兴地笑起来。

我喜欢小雪,也喜欢妈妈和爸爸。

我们家有一个带草坪的漂亮花园。

花园里绽放着妈妈精心栽培的鲜花。

在阳光明媚的日子里,我和小雪经常在花园里玩。

等到午餐时间,我们会在草地上铺开一张薄布,小雪就坐在上面吃她最喜欢的蜜瓜面包。

小雪饭后要午睡。这时妈妈会把食指压在唇上,对我说:"要安静哦。"说完还会对我微微一笑。

小雪从午睡中醒来时,太阳已经西斜,妈妈会在这时接上水管,仔细地浇灌那些花朵和草坪。

水流猛地冲出来,就像沐浴打开花洒时一样,在阳光下闪闪发光,形成一道彩虹。我和小雪都想抓住彩虹,嬉笑打闹着上蹿下跳。

这是我和小雪最喜欢的游戏。

但是那些快乐的日子突然消失了。

在小雪两岁多的那个春天,爸爸在一场车祸中丧生了。

小雪当时还小,不明白"爸爸死了"是怎么一回事。

即使在葬礼上,小雪仍然笑着玩闹。

"一定不是真的,他没死……"

妈妈一边摸着我的头一边流泪。

妈妈日复一日地等着爸爸回家。外婆很担心妈妈的情况,每天都会来家里看看我们。

渐渐地,妈妈独自想事情的时间越来越长,而且总是神经过敏和易怒。

和小雪一起吃饭时,妈妈还会呵斥不好好吃饭的女儿:"你怎么还不能乖乖吃饭啊!"然后把食物从她面前拿走。

没过多久,妈妈仿佛变了一个人。

有时,在饭后洗碗的妈妈会突然把盘子摔得咔嚓作响。小雪随即被刺耳的破碎声吓哭,妈妈则捂着耳朵生气地大叫:"吵死了!"

她的怒喝往往会让小雪哭得更大声。

"我已经,受不了了!怎么会变成这样!"

妈妈一股脑儿地抱怨一通,然后把自己关在房间里。

一直沉默旁观的外婆抱住了哭泣的小雪。

"小雪……对不起哦,妈妈不是在生小雪的气哦……"

外婆总是温柔地抱着小雪,直到她哭累睡着——这是我最近经常看到的光景。

"小春……人哪,一旦感到不安就会这么不知所措而发脾气。小春肯定也被吓一跳了吧。虽然不知道还需要多少时间,但是总有一天,笑容会回到妈妈脸上的,所以要耐心等一下哦。"外婆摸着我的头说道。

外婆和小雪都相信妈妈会变回从前的样子。

(外婆和小雪都不好受吧……)

但我也逐渐意识到,其实整个过程中最辛苦的人是妈妈。

没过多久,妈妈不乱发脾气了,但变得终日只会发呆。

她只是漫无目的地坐在沙发上发呆,什么都不做。

可妈妈有时前一秒还安安静静地坐在沙发上,下一秒就突然放声大哭。

每当这种时候,小雪就会走到哭泣的妈妈身边,把最喜欢的小熊布偶轻轻地放在旁边。

妈妈不再去她最爱的花园,也不再给草坪浇水了。

开得绚烂的花朵和宽敞的草坪都枯萎了。

花园里的颜色随着妈妈的笑容一起消失了。

03 小春

这样的日子持续了很长一段时间。

外婆和妈妈商量后,决定把小雪送去幼儿园。

如果去幼儿园,小雪也可以结交新朋友。但最主要的原因是想让妈妈有放松的时间。

白天,当外婆和小雪都不在时,妈妈会一如既往地以发呆度过。她甚至连床都不下,常常默默流泪……

我能做的就是在旁边默默守护她,尽量不打扰她。

我走到妈妈的床边,静静地躺在一边。

她不吃不睡,就像一具没有灵魂的躯壳。

那双曾经闪着柔光的眼睛里,现在空无一物……

而开始上幼儿园的小雪变得越来越开朗。

她学到了更多的词句,也像从前那样无忧无虑地展颜欢笑,还会在外婆不来的时候照顾我。

给我碗里添水时,小雪会"嘿哟、嘿哟"地搬来旁边的椅子,然后踩在上面,从水龙头里接水。

看着小雪的笑容,我的心情顿时好了很多。

外婆不来时,小雪的晚餐就是蜜瓜面包。

我总是躺在一旁看着小雪独自享用她最喜欢的蜜瓜面包,以防蜜瓜面包的碎屑掉在地上。

因为一旦有碎屑掉下来,我要负责清理掉。

小雪总是只吃一半,然后把剩下的那一半面包放回袋子里。

"小春,这些是妈妈的,你不可以偷吃哦。"她边说边把剩下的蜜瓜面包放在桌面上。

"接下来,要换睡衣……还要认真刷牙。"

小雪一边对我说,一边准备睡觉。

做好准备后,她就蹑手蹑脚钻到妈妈的床上,一边轻轻地拍拍妈妈的头,一边说:"妈妈要快点好起来哦。"说完就会乖乖睡觉。

等小雪睡着后,妈妈才会撑着沉重的身体起床。

看到放在桌子上那半个蜜瓜面包,妈妈会突然掩面哭起来。

而我陪在妈妈身边,感受着她的悲伤。

我多么希望能替妈妈分担悲伤,哪怕只是一点点。

小雪开始学习平假名了。她让外婆把那张从幼儿园领回来的、很大一幅的平假名一览表贴在墙上。

在外婆来家里的时候,小雪就让外婆教她学习平假名。

03

小春

不知不觉间，小雪的画册上被她写满了平假名。

"小雪，你的平假名写得真不错。"外婆看着画本说道。

"外婆，我想给圣诞老公公写封信，所以要努力练习。"

"是啊，快到圣诞节了呢。"

"是的！可是，圣诞老公公只会去好孩子的家里。所以小雪要做个好孩子！小春也要当个好孩子哦！"

小雪呵呵笑着抚摸我的头。

随着圣诞节临近，小雪笑得比平时更开心了。

小雪用外婆为她准备的信纸写了一封信，然后把信折好放进信封里。

"我给圣诞老公公写了一封信，外婆要帮我寄出去哦。"

早上去幼儿园前，小雪把一封信递给了外婆。

"好的呀，外婆一定会把它交给圣诞老公公的。"

"外婆一定要记得哦！那我出门啦！"

小雪兴高采烈地坐上了幼儿园的校车。

外婆把信放在桌上，盯着看了一会儿，最终在午饭过后把信交给了妈妈。

妈妈慢慢地从床上起来,开始看信。

圣诞老公公:
　　我不需要任何玩具。
　　请给我一些能让妈妈好起来的药吧。
　　求求你了。

信由一排排稚嫩的字体写成。

妈妈看了信,双肩颤抖,泪流满面。

外婆也哭了。

哭过之后,妈妈站了起来,她一边转动着戴在纤细手指上的结婚戒指,一边喃喃道:"如果我不坚强一些……

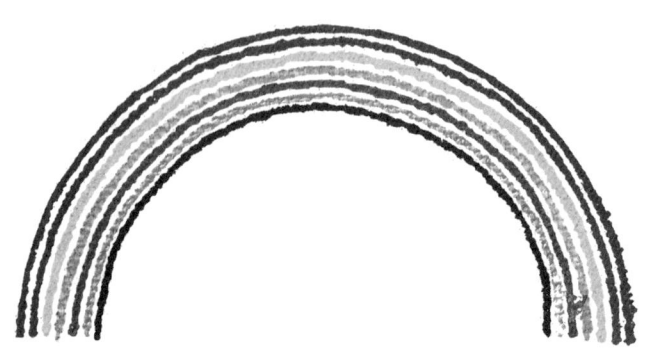

小雪她爸会生气的……"

"是啊……我和小春会一直做你的后盾的。"

外婆紧紧地抱住了妈妈。

"在我恍惚度日期间,小雪都变得这么懂事了。我得好好努力才能追上她成长的脚步呢……"

妈妈的眼中终于恢复了温柔的神色。

妈妈,等春天来临时,让庭院里的花重新绽放吧。

我好想和小雪再次一起追逐那条彩虹。

04
小不点

真是太好了呢……山本先生。

木匠山本先生因遭遇事故,不得不辞掉了工作。

他失去了活下去的意志。

我能做的只是陪在他的身边。

但一次奇妙的邂逅让山本先生恢复了精神。

从狗狗那里听来的好故事

我的主人是山本先生,他是一个盖房子的木匠。

他说,虽然每天起早贪黑、汗流浃背地工作,但只要看到地图上出现他建的新房子,就感到非常欣慰。

山本先生没有亲人,我们相依为命。

"小不点,走!"他叫我"小不点",无论下班多累,都会带我出去散步。

散完步,我们会一起吃晚饭。山本先生晚上总是只喝啤酒,吃下酒菜。

等我吃完自己的狗粮,山本先生还会把他的下酒菜分我一点。

他那些下酒菜里,我最喜欢的是竹轮卷。可以的话,我真想找机会吃一整条。

山本先生也喜欢棒球。当电视上开始转播棒球比赛时,他会单手拿着小喇叭,热情地为选手加油打气。还会一边看一边把棒球规则告诉我。

我喜欢看山本先生边喝啤酒边挥舞小喇叭的样子。

时而快乐,时而沮丧——山本先生看棒球比赛时的心情就像坐过山车一样。

我家附近有一所很大的学校。

清晨和傍晚,那所学校的学生从门前络绎不绝地来来去去。

我很喜欢这种上下学时间。因为很多小同学会跟我打招呼,或是摸摸我的头。我每天都过得很舒坦。

某天傍晚,我像往常一样看着学生们放学回家。

有个男生边走边看书。

(这也太危险了吧……)

我的脑海刚冒出这个想法,他就摔了一跤。

(看看,我就说嘛。)

他站起来看着我。当我们目光相遇时,我尴尬地移开了视线。后来想想,我当时或许是该喊一声:"汪!(你没事吧?)"

但那个男生就这么站起来跑了。

山本先生今天似乎要晚些回来。正这么想着,一辆卡车在我家门前停了下来。

山本先生的同事吉田先生下了卡车。

"山本先生工作时从脚手架上掉下来了,我们已经把他送去医院，看样子得住院一段时间，所以这段时间要拜托小不点独自看家喽。"

吉田先生给我食盆里倒的狗粮多得像堆起一座小山，马上就走了。

我张着嘴目送卡车开走，完全不知道发生了什么事。

那天之后的一段时间里，我都独自待在家里。孤单的时间总是过得特别漫长。没有山本先生陪着，我每天都过得很无聊。

那天在路上摔倒的男生每天回家路过都会偷瞄我。

我因为好奇，也盯着他看。他和山本先生一样，是一个皮肤黝黑、身材魁梧的男生。

大约两周后，山本先生终于回来了。

但他的腿因为这次意外，有点瘸了。

他无法像以前那样走路，也不得不辞掉了工作。

山本先生最喜欢的啤酒、棒球、笑容，都从他的日常生活中消失了……

每到夜里，山本先生总是偷偷哭泣。为了不被我察觉，还躲进被窝里……但我能理解他。山本先生悲痛欲绝，伤心得根本止不住眼泪。

我只能默默地陪在山本先生身边。

从那以后，山本先生就终日坐在门廊处，成天地发呆。

在山本先生落下残疾之后，邻居的老爷爷老奶奶、他的同事吉田先生和其他木匠几乎每天都轮番来探望山本先生。

"我们没留意分量，小菜做太多了。"

"我给你买了这个。"

大家纷纷给山本先生送慰问品。

当然，大家也很喜欢我。

山本先生目送众人离开时，总是眼眶泛红。

"朋友就是无与伦比的宝藏啊。"他喃喃道。

这句话几乎都成了他的口头禅。

只有我没办法为你做什么。山本先生……对不起啊。

某天，山本先生像往常一样在门廊处消磨时间。

一个高中生向他搭话："大叔，我、我可以带你的狗去散步吗？"

是那个在路上摔了一跤的男生。

山本先生有点迷惑。

"啊，好、好啊。麻烦你嘞。"

04 小不点

"嗯。我、我很喜欢狗。我想和它成为好朋友。我、我叫圭太,是附近那所高中的学生。"

这就是山本先生和圭太的初次见面。

从那天开始,圭太会在放学回家的路上带我去散步。

邻居的老爷爷老奶奶看到圭太和我一起走,都会对我说:"小不点又可以散步了,太好了。"

圭太听到后都会打招呼:"我叫圭太,在附近那所高中念书。"

一开始,山本先生和圭太连对话都磕磕绊绊的。

但很快,他们就能一起坐在门廊下一来一回地聊天。

圭太发现房间里挂着看棒球比赛用的小喇叭,便问道:"大叔,你喜欢棒球吗?"

两人因为这句话逐渐熟络起来。

谈到久违的棒球,山本先生的眼睛闪闪发亮。

山本先生把圭太当成儿子一样疼爱。

邻居们和山本先生的朋友们也都很喜欢圭太。

只要圭太在,大家都是笑容满面的。

圭太在休息日也会过来。有时他白天就来,有时只在晚上来带我散步。

"大叔,小不点的狗屋都破破烂烂了。我想给它做个新的,你能教我点儿木工活吗?"

听到圭太的话,山本先生高兴得几乎跳起来。

"好嘞,俺来教教你!"

山本先生挽起袖子。看到他这副充满精神的样子,我也很开心。

圭太看着我们,也笑了。

第二天,山本先生拜托吉田先生带一些他用不上的木材过来。

"抱歉啊,麻烦你嘞。"

"哎哟,客气啥啊,材料不够随时找我!"

说完,吉田先生便笑着离开了。

"朋友就是无与伦比的宝藏啊。"

他像往常一样喃喃自语,用力揉乱我头顶的毛。

我摇着尾巴回应。

从那个周末开始,他们为我打造小屋。

"如果用那个姿势拿东西,你的手指会受伤的。"

"不对不对,不是这样,应该是这样……"

山本先生细心教导圭太如何拉锯,如何敲钉子。

虽然他的语气很严厉，眼中却总是满含笑意。

山本先生的"每日啤酒时间"也随之回归了。因为心情变好了，为了多活动活动身体，即使步履蹒跚，他也开始去购物和下厨了。

在观看棒球比赛时，山本先生也恢复了往日的笑容。他兴奋地挥动着小喇叭说："下次肯定是直线球！"

自那之后，山本先生不再哭泣了。他每天都过得很开心，一钻进被窝就能睡着。

每个周末，我那小屋的完成度都会比上一个周末多一些。看着逐渐成形的小屋，山本先生露出了满足的笑容。即使双手磨得起泡，圭太仍然做得非常认真。

某天散步时，圭太对我说："说起来，大叔的生日快到了。小不点，咱们一起给他制造个惊喜吧！"

说话时，圭太的眼睛闪闪发亮。

散步回来后，圭太开始想点子。他还去找山本先生的朋友，想着或许有人愿意帮他，也去找了邻居老爷爷老奶奶商量。

（那我能做什么呢？）

圭太轻轻抚摸着我的头说道："小不点和往常一样就可以啦！因为小不点是特别的。"

我还是没办法为山本先生做什么啊……这让我有点寂寞呢。

一个星期后——山本先生的生日到了。

从早上开始,我就没办法冷静下来。接下来会发生什么事呢?我为此非常兴奋。

我太激动了,但为了不被山本先生发现,我好不容易才控制住自己。

中午之前,负责打配合的吉田先生如约而至。

"山本先生,你能稍微来一下施工现场吗?我们还是希望你帮忙检察一下收尾工作。"

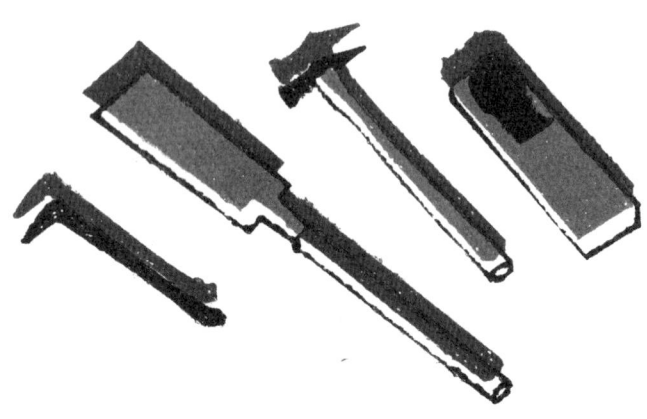

山本先生念叨着"没办法，那就去吧"，就离开了。

等山本先生离开后，大家都聚在了屋子里。冰箱里放着山本先生最喜欢的菜和很多啤酒。圭太在墙上挂起一条横幅，上面写有："大叔，生日快乐！"

桌子上装饰着从空地采回来的白色法兰西菊。

一切都准备好了。

大家都期待山本先生回来。

随着前门传来的卡车引擎声渐渐停息，山本先生走回了屋里。

"山本先生！生日快乐！"

大家都用响亮的声音和掌声向他道贺。

山本先生满脸"发生啥事了"的错愕表情，但很快就反应过来了。他的表情扭曲起来，双眼盈满了泪水。

"谢谢大家，真的很感谢。自从身体变成这样之后，我一直活得很辛苦。我甚至想，连以前的工作都做不了，不如死了算了……像这种惊喜，我根本想都不敢想。活着真是太好了。谢谢你们，真的很感谢你们……"

山本先生哭得满脸通红。

大家的眼里也充满了泪水。

"大叔,你还能再教我做木工活吗?今后也要继续麻烦你了。"

听到圭太充满善意的话,山本先生紧紧握着他的手,哭了很久、很久。

真是太好了呢……山本先生。

05 小优

我永远不会忘记。

我曾经是爷爷和奶奶的好朋友。
自从奶奶去世后,我就一直和爷爷相依为命……
但是对不起,爷爷。
我要先走一步去找奶奶了……

从狗狗那里听来的好故事

我是在十一年前来到这个家的。

我出生在奶奶的朋友家里,是她把我抱回来的。

被抱起的瞬间,奶奶的手是多么温暖啊。

看到奶奶把我抱回家,爷爷显得很惊讶。

"你怎么又往家里带这种东西?"

爷爷气鼓鼓地说,奶奶却"咯咯"地笑出声来。

看到奶奶的笑脸,爷爷也不好说什么了。

爷爷和奶奶的感情非常好。因为爷爷年纪大了,身体动不如以前矫健,于是他在后院的地里种了各种各样的蔬菜。

等后院的菜花盛开时,爷爷会把它们当成礼物送给奶奶。

"给你。"爷爷言简意赅地说。

"别看他态度咄咄逼人,其实人很温柔的。"奶奶过去常常这样谈论爷爷。

一旦爷爷遇到什么事,他就会立刻大声喊道:"喂,老婆子欸!"奶奶每次都会一边应着"来了来了,干什么呀",一边走回爷爷跟前。

能和感情这么好的两人一起生活,我每天都很开心。

我和爷爷、奶奶仅仅一起生活了五年。

某天,奶奶突然去世了。

早上,我看到奶奶没起床,就去房间叫她。

而那时,奶奶的身体已经冷了。

奶奶的葬礼上装饰着许多她生前喜欢的花。

奶奶走了,我很难过。

一想到再也见不到奶奶了,我的心就颤了一下。

葬礼期间,爷爷一直很忙。奶奶死了,他看起来一点也不难过。

我总想知道其中的原因。

葬礼结束后,大家都回去了。

原本闹哄哄的房子顿时安静下来。爷爷看起来很疲惫,只是坐在奶奶的遗照前,一直看着她的脸。

无论时间过了多久,爷爷依然一动不动。正当我纳闷他"究竟怎么了"并上前查看时,发现爷爷后背颤抖地哭着……

爷爷抱着奶奶的骨灰盅放声大哭起来。

我完全没办法理解爷爷的感受。

爷爷应该想一直和奶奶过二人世界吧。

只要他们还能在一起,就能继续像以前那样聊天说话。

这是我第一次看到爷爷流泪。

我永远不会忘记他落泪的样子……

爷爷把我称为"奶奶留下的纪念品",对我的照顾也是无微不至。

在家里,爷爷不再叫"老婆子欸",而是叫"优啊!小优"。

每当听到他的叫声,我都会像奶奶那样飞奔到他身边。

然后,爷爷会用有点行动不便的手抚摸我的脑门。

爷爷的手和奶奶的一样,很温暖。

爷爷每天都给奶奶做饭。

他每天早上起来的第一件事,就是把煮好的米饭放在奶奶的遗照前,然后双手合十。

爷爷每天早上都和奶奶说什么呢?

每当这种时候,我都会坐在爷爷身边,和他一起看着奶奶的照片。

奶奶，爷爷现在还很记挂你，真好呢。

爷爷每天都会带我去散步。

但爷爷的行动不是很方便，所以他的步幅很小，只能慢慢地走。

我则边走边停来配合爷爷的速度。

无论寒暑，爷爷都会带我去散步。即使遇到不必要出去的下雨天，爷爷也会坚持带我出去。在慢悠悠的散步过程中，我们会被雨水逐渐淋湿。

爷爷，谢谢你每天的照顾。

奶奶去世后，爷爷就不再在后院种地了。

爷爷说："种菜这种事，总得有人看了欢喜，种起来才得劲儿啊。"

以前爷爷还种菜的时候，我经常因为乱挖坑惹他生气。

但奶奶每回都会被逗得哈哈大笑。虽然爷爷生气很恐怖，但为了奶奶的笑容，我偶尔还是会挖挖坑。

明明以前爷爷总会为此大动肝火，现在他却对我说："你想挖多少个坑就挖多少吧。"

挖坑这种事，总得有人看了欢喜，挖起来才得劲儿啊——这一点我也有同感呢。

不过，说不定我现在挖个坑，奶奶也会微笑地看着我呢。

这么想着，说干就干。

爷爷看着我到处挖坑，忍不住笑了，看样子非常高兴。看到别扭的爷爷笑得这么开心，奶奶应该也会很高兴的吧。

当我像往常一样在后院挖坑时，爷爷好像突然想起什么似的拿了一个东西出来。那个东西是棕色的，看起来像土豆。

"小优，这叫球茎哦。"

爷爷把球茎放在我挖的其中一个坑里，然后用土盖上。

"小优，继续挖。"

我不知道这个球茎会长出什么。但既然爷爷说可以继续挖，那我就继续挖。

爷爷把球茎一个一个地放进洞里，并在旁边插一根一次性筷子，这样就能清楚地看到那些球茎种在了哪里。我们以每天种五个左右的速度忙活了一段时间。

等冬去春来，我着实吓了一跳。

我挖的坑里开出了黄色、红色和粉红色的花朵！

"你看，小优。你挖的坑里长出郁金香了。"爷爷笑着说，而后拿来一把剪刀，仔细地把郁金香一朵一朵地剪下来，装饰在奶奶的遗照旁边。

"小优，老婆子，你们开心吗？"

我缓缓摇着尾巴回应。对啊，这些花是我和爷爷一起种的，相信奶奶收到后会很高兴的。

奶奶……真棒呢。我无时无刻不在想着爷爷和奶奶哦。奶奶，我好幸福……

之后的某一天，爷爷难得出门了。

回来时，爷爷手里拿着好些种子。

原来爷爷去买了很多花种。

明明可以带我一起去的嘛。我有点小情绪。

我们第二天就开始播种。我负责挖坑，爷爷负责撒种子。

我们依旧按照种郁金香的频率播种，一天只挖五个坑。

与球茎不同，种子长得很快。

我挖了多少坑就开了多少花，这也太神奇了！

花园里的花终于全开了。

我们每天都种一点，这样每天都能有鲜花盛开了。

"老婆子要是能看到这些,一定会开心到掉眼泪的……"

爷爷……没错,奶奶一定会被感动流泪的。

我也希望爷爷的思念能好好地传达给奶奶。

因此我和爷爷选择继续种花。

季节在我们对开花的期盼中悄然更替。

爷爷继续通过种花来表达对奶奶的感情。

等到春季选花种时,这回爷爷把我带上了。

爷爷每年都会种不同外形、不同颜色的花。

但有一种是每年不变的。

那就是波斯菊。这是奶奶最喜欢的花。

爷爷说,他是在奶奶去世后才知道这种花叫波斯菊的。

他说这话的时候苦笑了一下。

"我这个老头子啊,对你奶奶一点也不了解。既不知道她喜欢的花叫什么,也不知道她喜欢吃什么。有时想给她做点她喜欢的东西,却毫无头绪。即使和她做了那么多年的夫妻,我对奶奶的了解还是没有丝毫长进。直到她突然消失,我才去了解。'谢谢你愿意陪在我身

边'……这句话我应该在她还活着的时候对她说的。所以，小优，我要趁现在和你说，谢谢你，愿意陪在我身边……"

爷爷，该说感谢的是我。能成为这个家的一分子，我很感恩。

虽然我是从别人那里抱养的狗，但能和爷爷相伴左右，我就非常高兴了。

而且爷爷的心意一定能传达给奶奶的……

无论是衣服还是奶奶的其他遗物，就这么保存着吧。我想这么做奶奶也会很高兴的。

所以，爷爷，不要那么难过。你要连同奶奶的那一份，长久地活下去哦。

奶奶去世后的第六个夏天，天气异常炎热，热得我一下子浑身无力。

"不吃东西可不行啊。"爷爷这么说着，给我弄了一顿大餐。但即使想吃也吃不下，我已经没什么饥饿感了。

"小优，至少喝点水吧……"

爷爷直接往我嘴里喂水。

之后，我一天比一天虚弱，就连站都站不起来了，就那么一直躺着。

天气很热,我几乎无法呼吸,就这样苟延残喘了好一阵子。

爷爷总是摸着我的头鼓励我。

"小优……你感觉好些了吗?小优……小优……"

我轻轻摇着尾巴回应。

爷爷,对不起……我想一直和爷爷在一起。

但恐怕不可能了。我已经尽力了。

爷爷把我抱了起来。

他的手掌又大又厚,还很粗糙,但一如既往地温暖。

我看向爷爷时,发现他在哭。

爷爷为我哭了。

"已经,够了……你做的已经够多了。小优,谢谢你一直以来的陪伴……"

爷爷说完,泣不成声。

爷爷,对不起啊。但能和爷爷一起完成那么多事情,我真的很开心,很幸福。

我们为奶奶种了好多好多的花,我永远不会忘记。

爷爷看到花开时的温柔眼神,我永远不会忘记。

我想继续陪在爷爷身边。

我想看到更多鲜花绽放。

对不起,爷爷。对不起,我不能和你继续往下走了。

我会和奶奶在一起的,所以你不用担心。

爷爷。

谢谢你。

06
Den

我们终有一天会再见面的……

日和小姐很温柔。
我最喜欢日和小姐了。
谢谢你照顾了我这么久。
我想最后感谢你一次……

致温柔的日和小姐：

虽然这封信不可能寄到你的手里，但我还是想写。

因为，日和小姐总是在哭……

我还记得第一次见到日和小姐的那一天。

06

Den

日和小姐隔着宠物店的玻璃，微笑地看着我。每天一到傍晚，她就会来宠物店用温柔的目光看着我。

我歪头，日和小姐也跟着歪了头。

看到日和小姐开心的模样，我用力地摇着尾巴，就像要把尾巴摇断一样。

我很快就被日和小姐带了回家。

"从今天开始，我们就是一家人了。"

那时，我并没有真正理解"家人"这个词的含义。

但当日和小姐紧紧地抱着我，我就知道自己不会再孤独了。

为了给我起名字，日和小姐费神了很久。

她爸爸开玩笑说："既然它是你用所有年终奖金买回来的，那不如就叫它'年终奖'吧。"日和小姐似乎觉得很有趣，决定先这么叫我。

但有一天，她突然嚷道："有了！"然后就将我的名字改成了"Den"。

因为我是一条金毛寻回犬（golden retriever），所以她用"golden"这个单词的后半部分给我取名字。

我忍不住想，这和"年终奖"有什么区别？但我其实根本不在乎名字是什么。

我只要能跟日和小姐在一起就足够了。

我很喜欢和日和小姐一起过冬天。

我们会在覆盖着厚厚积雪的公园里玩雪橇。每次玩这个游戏，日和小姐都会欢喜地放声大笑，和我一起坐在雪橇上滑来滑去。

日和小姐很喜欢笑，经常能听到她爽朗的笑声。光是能看到日和小姐的笑容，我就开心得不得了。

看到日和小姐因为笑累了昏昏欲睡，我会重新闹腾起来。不管怎样，只要跟日和小姐在一起，我就觉得很幸福。

日和小姐结婚的时候，我真的一点都高兴不起来。对不起……

我不喜欢这个男人！——这是我对航平先生的第一印象。

保护日和小姐明明是我的职责，但在不知不觉中，被航平先生取代了。

日和小姐也真是的，以前她明明什么都跟我说，现

06
Den

在却只和航平先生说……

我不喜欢这样。

这种感觉就像日和小姐离开我去了别处一样,我很寂寞……

很久以后,我才知道这就是人类所说的"嫉妒"。

我不喜欢航平先生,所以大概有一个月没理睬他。

日和小姐,你注意到了吗?

之前日和小姐明明只宠我一个,但看到他们的感情这么好,我就不由得"嫉妒"航平先生了。尽管这样,他还是对我非常和善。

那之后大概过了五年吧。

他们的孩子出生了。从医院回来后,日和小姐一直悉心地照顾着那个婴儿。

那个婴儿是一个很迷你的人类。

"Den已经是大哥喽。你们要好好相处啊。"

我对着那个闻起来总是一股奶香的小人儿一顿猛嗅,对他越来越感兴趣了。

我在心里喊那个小人儿"小豆丁"。

小豆丁时而拍拍我,时而拽拽我的尾巴,似乎想知道我是什么。

他还经常妨碍我睡午觉。我已经很久没睡过安稳觉了。要是实在被骚扰得烦了,我就会舔他的脸,他有时还会被舔哭。哎呀呀,真是抱歉呢……

春天,我们会一起去散步。小豆丁在河岸边采了很多艾蒿,回家后就跟日和小姐一起用这个包饺子。

夏天,我会和小豆丁争抢充气泳池。等小豆丁独自霸占泳池时,我就会把身上的水全部甩在他的身上。小豆丁非但不会哭,反而笑得开心。

秋天来临时,我们就去捡松果。我们三个会特地去机场附近那个公园的松树林里捡拾一大堆。而我捡到的松果个头最大,成了那天的主角。日和小姐用纸折了一个勋章挂在了我的脖子上。

冬天,我们会一起打雪仗。但我们的玩法有点不同——我会用嘴接住小豆丁扔出的雪球。

入口即化的雪非常美味。

我之所以对小豆丁友善,是为了看到日和小姐的笑容。

当然,我也很喜欢小豆丁,但和小豆丁友好相处时,我更想看到日和小姐欣慰的笑容。

　　我俩赛跑时,我总是比小豆丁跑得快很多。因为日和小姐总是夸我很棒,为了得到表扬,我总是拼尽全力地奔跑。

　　我要比小豆丁厉害得多哦——我使出浑身解数向日和小姐证明这一点。

　　无论是吃饭还是吃零食,我都让小豆丁先吃。每当我这么做时,日和小姐都会笑着夸赞我:"哥哥真是了不起呢。"

　　小豆丁会反复做大人禁止的事,因此经常惹日和小姐生气。每次因为这个原因被骂,小豆丁就放声大哭。

　　看到日和小姐生气和小豆丁哭,我都会很难过。每当这种时候,我就把最喜欢的珍藏——巨型狗咬骨奉献出来。

　　我把它叼到小豆丁面前,小豆丁就不哭了。

　　小豆丁不闹腾了,日和小姐也能松口气。我能做的事也只有这些了。

　　在我十一岁时,我的身体机能已经不如从前。

　　远距离的散步会让我喘不过气来,我连跑都跑不动了。

不知不觉间，小豆丁的速度已经超过了我。

直到有一天，我的身体突然不听使唤了。

我出现全身抽搐且长时间无法呼吸的症状。而病发时，通常还会伴随着小便失禁。

因为病发时间大多在白天，且都在阳台上，而白天只有我独自看家，如果不是某天晚上我在客厅发病了，日和小姐一直不知情。

日和小姐抱着我满身沾着尿的身体，惊慌失措。

他们把我送去医院，听到医生说查不出原因时，他们大感疑惑……

其实，我那时候就知道自己快要死了。

病发的间隔越来越短，日和小姐很伤心，也很担心。但对我来说，这才是最难受的事情。

从这时起，吃饭和吃零食的优先席位又从小豆丁转让给了我。小豆丁既不拍我，也不会再拽我的尾巴了。

他轻轻地抚摸我的身体，有时还会和我分享他的零食，还和我说："千万要对妈妈保密哦。"

看来日和小姐的善良被小豆丁继承了啊。我很高兴。

小豆丁长成了一个善良的孩子，日和小姐肯定也能继续幸福地生活下去吧。一想到她今后也会笑容常驻，

我就放心了。

时间来到六月,虽然尚在雨季,那天的天气却显得异常晴朗。

我像往常一样在阳台上晒日光浴。

症状来得很突然——这是我最后一次发病了。

日和小姐外出工作不在家,小豆丁则去上幼儿园了。

症状最严重时,我就意识到了:这一次将是永别。

随着病发时间越来越长,我的意识逐渐变得模糊。

我并不害怕独自死去,但我想在咽气前再看看日和小姐的笑容。

我的眼前浮现出一张张笑脸。

日和小姐熟悉的笑脸在我脑海中如走马灯般逐一闪过……

晚上,日和小姐下班回来,并没有发现我已经死了。

她似乎以为我和往常一样还在睡觉。

"Den,吃饭了。"

日和小姐说着就走到阳台摇了摇我不再动弹的身体。她一边哭,一边不断地呼唤我的名字……

她抱紧我满是尿的身体。

想替她拭去眼泪,想逗她笑——我已经什么都做不了了。

"Den……以前的Den个头太大了,没办法把你抱住。以后我就能这样一直抱着你了……"

日和小姐像要把我揉进骨头里般,紧紧地抱住我,而后一直对我说话。

"让你孤独地走了,我真后悔……"

"不知道你在弥留之际听到了什么,看到了什么……"

她念叨着,哭了很久很久。

日和小姐,尽管我是独自离世的,但我没有感到孤独。

我能听到鸟儿的鸣叫,眼里映着蔚蓝的天空。

更重要的,是日和小姐的笑容一直都在我的心中。

日和小姐隔着玻璃微笑地看着我。

日和小姐还像对待小豆丁那样珍视我。

为了看到日和小姐的笑容,我想在你身边多待一会儿,不过如今我已经知足了。

"从今天开始,我们就是一家人了。"

那天,日和小姐说完这句话就紧紧地抱住了我。

这一幕,我永远都不会忘记。

日和小姐,谢谢你发现了我。

谢谢你陪我度过此生。

能看见日和小姐的笑容,就是我最幸福的事。

所以……不要再哭了。看到日和小姐哭泣,会令我很心痛。

看到你哭成这样,小豆丁肯定会担心的。

日和小姐,我们终有一天会再见面的……

在那之前,要一直保持微笑呀。

07
小太郎

你一定要幸福啊。

小樱和她的爸爸相依为命。
我来到这个家就是为了让她开心起来。
十多年过去了,小樱已经长大成人。
虽然发生了很多事,但请你一定要幸福哦。

我的名字是"小太郎",我的窝就安在进门后的一个角落里,这里有爸爸为我建的漂亮小房子。一到秋末,在里面铺上散发着阳光气味的新稻草,这就是我最舒服的家。

我是在十五年前加入这个家的。

因为妈妈的病逝,小樱成日以泪洗面。

为了不让小樱感到孤单,爸爸将我迎进了这个家庭。

那时小樱还在读小学二年级。每天早上,我都不知道她为什么总背着一个红色的东西出门。

"小樱每天都要去学校哦。"

小樱放学后,就会马上带我去散步。

我很喜欢和小樱一起散步。

那时的电线杆还是用木头做的。我标记了一根散发着难闻气味的黑色电线杆。

标记是我的重要任务。因为这是我跟同类"打招呼"的方式,所以我每天都得在同一个地方留下自己的味道。如果接收到对方类似"你好吗"的气味问候,我就会用

"我很好"的气味回应对方。

人类肯定无法理解我们的交流方式。

我们再往前面的电线杆进发吧——我正打算这么做,小樱却不干了。

我们每次散步都会发展成这种拉锯战的状态。

"小太郎,我们差不多该回家了吧……"

每当小樱哭丧着脸说这句话时,我都很难受。小樱很害怕去离家很远的地方。为了不让小樱落泪,我强忍住继续往前走的欲望——毕竟我加入这个家的初衷,就是为了让小樱展颜欢笑。这也是我对爸爸的承诺。

小樱长大一些后,她会每天都穿着同样的衣服去学校。

从那时开始,她和爸爸经常吵架。

小樱的叛逆态度一直让爸爸困扰。

"这个年纪的女孩子,真难对付啊……"爸爸对我嘀咕道。

我能理解爸爸的心情。

爸爸既当爹又当妈的,非常辛苦,但在努力工作之余,他还是竭尽所能地料理家事。

而且对小樱的疼爱也从未改变过。

但是小樱变了——她成长了。

就连散步的时候,她看起来也不是很开心。从她给我套上散步牵引绳的那一刻起,我就能感受到她想早点回家的念头。

小樱总是天黑后才从学校回来的次数增加了。

即使回到家,小樱房间的灯也会一直亮到深夜。她好像在做一件叫"大学入学考试"的事情。这似乎就是让小樱一脸苦恼、整天陷入沉思的原因。

我什么忙都帮不上。唯一能做的,就是散步时走老路,尽量缩短散步时间,赶紧回家。

"大学入学考试"结束后的某一天,小樱突然对我说:"小太郎,我们今天再往前走走吧!"

在柔和的阳光下,我和小樱一起来到了河堤边。

这是我第一次来到这里,可把我高兴坏了。

小樱边走边哼着歌。第一次见小樱哼着歌来到一个地方,我非常高兴。我迈着几乎要蹦起来的步子,配合着小樱的步伐往前走。

我们在一座大桥旁休息。

小樱随意地躺在堤坝上,深吸了一口气。她看起来心情非常好。

"小太郎……明天就是公布成绩的日子了,要是能被录取就好了。不过,我不想离开这个小镇,我不能丢下爸爸,我没办法留他一个人……"

小樱看着态度冷淡,其实对爸爸有着很深厚的感情。既然这样,她为什么不能直接向爸爸传达自己的心意呢?和我们狗不同,人类明明可以使用文字和语言来表达呀。我真的很不理解。

不过,我们很久没享受过这种悠闲时光了……

第二天——

"小太郎!我被录取了!"小樱说着紧紧地抱住了我。

"真的吗?恭喜你!你都已经上大学了……时间过得真快啊……"爸爸眼含泪光地喃喃自语。

不知道从什么时候开始,爸爸的黑发也变白了。不过,得知这个结果,爸爸一定是最高兴的人吧。我安静地依偎在他的身边。

从那天起,小樱和我一起散步的步伐都变得轻盈起来。

我们每周都会进行一次"探险散步"。

我和小樱在从未去过的地方发现了好些神社和公园。

借着这样的"探险散步",我们在崭新的道路、形形色色的道路上一往无前。

小樱毫不畏惧地向前走着。她已经成为一个有担当的女人,不再是那个噙着泪嚷嚷着"快点回家"的小女生了。

而且,不知道从什么时候起,小樱和爸爸说话的口吻也跟妈妈一样了。

"整天指手画脚的,小樱也变唠叨了呢……"

说这句话时,爸爸会苦笑着用慈爱的眼神注视小樱。

"小太郎!我们去冒险吧!"

那天也和往常没什么两样。

选定了第一条路后,我们就马不停蹄地向前走。

我进入了一条人山人海的商业街,试着用"初次见面"的气味信息去标记一根坚硬冰冷的水泥电线杆。我本以为小樱也会一起停下来,但她一边哼着歌,一边迈着轻盈的步伐继续前行。

(看来还能去下一根电线杆啊……)

就在我这么想的一瞬间,一辆汽车从十字路口飞驰而来。

小樱被车撞倒了。走在我前面的小樱眨眼间就从我的眼前消失了。

我环顾四周,看见小樱已经躺在了路中央。

我前所未有地狂吠起来。

(发生了什么?!)

我不停地吠叫,周围的人也向小樱聚过来。我先是听到了"救护车"这个词,而后才听到小樱微弱的声音。

小樱在叫我的名字。我舔了舔小樱的脸。

(我在这里!小樱……)

泪水从小樱的眼眶里流了出来。她一边哭一边喊着我的名字。

"对不起……"小樱边哭边说。

你为什么要道歉?该道歉的是我啊。

要是我刚才没有停下来和那根电线杆说"初次见面"就好了,这样小樱就不用经历这种疼痛……

对不起,真的很对不起,小樱……请你不要哭。

(小樱,快起来。来吧,我们一起回家,我们一起回家吧……)

我拉扯着小樱的衣服。我一定要把你带回家,不然爸爸会担心的。

我使出全身的力气，继续扯着小樱的衣服。

就在这时，有人抱紧了我。

"别担心，她能撑过来的。"

有人在我耳边低声说，试图让我冷静下来。

"我是医生，我会治好你姐姐的，所以别担心。"

说完，他就和小樱一起上了救护车往医院赶去。

但我的身体还在颤抖。

大约过了一个月，小樱终于回到了我身边。

但是因为这次事故，小樱的双腿无法正常活动了。每次看到小樱只能迈着小碎步走路，我就无比心疼。

即使这样，小樱还是很乐观。

小樱越是乐观，我的心就越痛。我一直很自责。如果我能代她受这种罪就好了。

那时的我每每想到这件事，身体就会一直发抖。

虽然小樱的腿落下了一点残疾，但她还是上了大学并顺利毕业了。

在上大学的这四年里，小樱付出了超过正常人的努力。但她还是因为瘸腿放弃了很多东西，也为此忍受了很多事。

她有时也会偷偷哭泣。我曾目睹小樱在厨房洗碗时独自哭泣。

而我只能躺在她的脚边,以这种方式陪伴她。

但小樱的人生里也不全是坏事。

"小太郎,这位是堀医生,是为我治疗伤腿的医生。"

小樱向我介绍了堀医生。事故发生时,他就是那个抱紧了我的人。

小樱出院后,堀医生也时不时来看我们。

堀医生的到来会让小樱变得开心。我从未见过小樱这样的笑容。而堀医生看到小樱的笑脸,也会露出欣慰的表情。

小樱上大学时,堀医生也一直鼓励她。

看到小樱露出幸福的微笑,我终于稍微安心了。但只要想起事故发生那天的事,我的身体还是会颤抖。无论过去多久,我仍然会感到自责。

直到有一天,小樱抱着颤抖的我说:"小太郎……没关系的。小樱会变成这样不是小太郎的错,也不是任何人的错……所以,小太郎,不要害怕了,小樱现在很幸福,真的。"

那天过后,我的颤抖就消失了。

一年之后——

小樱明天就要结婚了。新郎是堀医生。

婚礼彩排那天,小樱给我看了她穿婚纱的样子。

"小太郎!漂亮吗?"

太惊艳了!小樱的美即使是我这种老花眼也看得清清楚楚。

我想起了小樱小时候的样子——

踩着响亮的步子跑着回家的小樱。

因为不敢走远而眼泪汪汪的小樱。

那个小樱,现在已经成了新娘。

我一边注视着耀眼的小樱,一边慢慢地摇着尾巴。

小樱,恭喜你!

你一定要幸福啊。

我与丹尼

丹尼是一只雄性金毛寻回犬,到今年春天就满六岁了。

虽然它脸上的毛发白了很多,但无论是体力还是精气神都没有丝毫下降。

我坚信,丹尼来到我的身边,就是为了给我带来更多惊喜和欢笑。

丹尼大部分时间都很沉稳。不论是平成年转入令和元年的那一刻,还是官方宣布新冠疫情进入紧急状态的那天早上,都有它陪在我身边。丹尼平静的表情、可靠的身体,以及温暖的体温,总能让我感到安心。即使在我写这篇稿子时,它也趴在我脚边睡觉。

丹尼有四十公斤重,但它并不胖,身上都是肌肉。它很少吠叫,感觉已经好些年没听过了。它会在家里悠闲地踱来踱去,也会在沙发上仰着肚皮,睡得四仰八叉。

即使雷声大作、烟花腾空，或是救护车从家门前经过，它也只会悄无声息地抬起头，脸上露出"外面怎么这么吵"的表情。

对丹尼来说，家是它的安全地带。一个干净、舒适、安静的家对丹尼来说，是一个能提供绝对安全感的地方。因此丹尼不凶不闹不拆家，还会乖乖地看门。

这也是为什么当不安和焦虑来袭时，只要看到丹尼沉稳的表情，我的心情就会莫名平复下来的原因。是丹尼一直支撑着我。

写完这段话，我不由得感叹：和狗狗一起生活果然太棒了！完全就是理想生活！话虽如此，但需要费心的地方其实有很多。

譬如前些天。

我大早上就带丹尼去动物医院。一般来说需要等两个小时左右。为了避免群聚，我和丹尼就待在车内等候。外面热气腾腾。丹尼很怕热，所以我把车里的空调开到了最大挡。我心不在焉地等着，一个早上的计划都被打乱了。

当我们被叫进候诊室时，丹尼的样子看起来非常奇怪，不仅心神不宁，喘着大粗气，瞳孔圆瞪，还将尾巴卷进腹部下面。明明顺利地上了检查台，但它在检查过程中浑身紧绷。丹尼含着泪看向年轻的护士，似乎在说"我没什么不舒服的，让我回家吧"。

"不行，你的肠胃不太好呢。"被我这么一说，丹尼畏缩地低下了头，感觉都快把头埋进肚子里了。而且不知道为什么，它总是背对着医生而坐，感觉是被吓得不敢直视医生了。即使听到医生叫它的名字，它也只是稍稍把耳朵转向医生——也许丹尼连医生是男是女都不知道。

丹尼就是这么讨厌医院。因此，每次带它去医院都让我很头疼。

然而头疼的事还不止这一件。医院会根据体重开不同剂量的药。重达四十公斤的丹尼，开的药量和人类一样，药费却是人类的两倍。每次看到护士在收款机的液晶屏打出的数字，我都会在心底发出哀号："我的天……这个数字是认真的吗……"

虽然最近已经对它的高价药费见惯不怪了，但这个金额的确会令我捉襟见肘。

再譬如——事情就发生在今天。

台风来袭！而且是即将强势登陆。即使在这样的早晨，我也必须带丹尼出去散步。外面的行道树被台风摇得哐哐作响。但这对丹尼没有丝毫影响，就算外面已经刮起了台风，它也必须出门——当然，无论是雨水连绵的梅雨季节，还是炎炎夏日，抑或是白雪皑皑的冬天，都无法阻止丹尼外出散步的脚步。

它在日出时分就来到我的床头，用一双充满希冀的眼睛盯着我。一看到那双闪闪发亮的眼睛，我就无法拒绝它的散步请求。即使打开门看到外面的暴风雨，丹尼眼中的光芒也不会消退。

丹尼摇着尾巴抬头看我，仿佛在说："快走啊！拉完屎还要玩投球游戏呢。"

"外面大风大雨的，怎么出去嘛！"我试图和它陈述事实，这时丹尼就会假装听不懂。

有时真的得用生命去散步，这简直就是不可能完成的任务嘛。

另外，每天都会发生诸如此类的事。

丹尼是我的跟屁虫。当然，只有我走进厨房或者吃饭时，它才会开启跟随模式。

我一走进厨房，本来睡得正香的丹尼会急忙冲进来。

"妈妈要切菜→菜有时会掉下来→菜就是我的"——它心中总是怀揣着满满的期待，用力地摇着尾巴。它会双眼发光，尾巴打在冰箱门上发出"咚！咚！咚"的响声，仿佛在催促蔬菜快点掉下来。

等我吃饭时，它则怀揣着"妈妈的筷子上会掉下食物→食物是我的"的念头，趴在桌子底下等着。

当我惊呼出声的瞬间，东西早已落入了丹尼的口中。那速度快得令人吃惊，就仿佛食物从我筷子掉落到进入它嘴里的这段时间，是它必争的胜负。

不过，有些食物不能给狗吃，因此我需要切得格外小心，以免这些食物掉在地上被丹尼吃掉。狗狗的饮食禁忌真要注意起来也很费神。

当然，需要费心的事情远不止这些。

虽然现在已经适应了，但以前多的是让我想哭的事。守护自己以外的生命并不容易，有时甚至会令人感到心力交瘁，而且这样的事情肯定是源源不断的。

不过,即使会遇到这样的困难,我还是非常喜欢丹尼。

因为丹尼会给予我更多。每一天,它都能让我感受到幸福,感受到爱与被爱,感受到何为守护;它让我懂得继续前进,学会去忘记,去纯粹地享受生活。

我想回报爱我至深的丹尼——我怎么可能对这样的狗狗无动于衷呢!

丹尼如何生活取决于我。譬如,它要如何度过每一天,要去哪里,会遇到什么样的朋友,每天吃什么……一切都与我息息相关。如果我什么都不做,它的世界就不会扩大;如果我哪儿都不去,它就不会遇到任何人;如果我不喂它,它连饭都吃不上。丹尼根本离不开我。

从说早安开始,到说晚安结束,我时时刻刻都爱着丹尼。

让丹尼感到幸福,就是我的幸福本质。

二〇二一年七月二十九日

文库版后记

"狗狗既会看向人指的方向,也会和人类对视。"

这是我在十年前学习心理学时得知的狗狗行为。为了亲眼验证这种行为,我去拜访了很多养狗的家庭。这对偏爱宅家的我来说,是一场漫长又紧张的大冒险。

后来,我将这些经历变成了一个个故事,随后集结成书,现在又以文库本的形式出版。

对于提供过帮助的各位受访者和狗狗们,我深怀感激之情。

真的很感谢你们。

在那之后,时隔七年,我又饲养了一只金毛寻回犬——丹尼,从此我的人生就被狗狗填满了。

狗狗真的很了不起。

和丹尼度过的每一天,都让我感受到狗狗这种生物的过人之处。它很可爱,也很招人喜欢。这种感觉就像多了个儿子一样。不,也许它更招人喜欢。它有时像个男子汉,有时又像一个三岁的孩子。为了逗丹尼开心,

从狗狗那里听来的好故事

我每天都在尝试新事物。我从没想过和狗狗一起生活会让我每天都这么快活,这么笑容满面。

在这本书里,我记录了些许我和丹尼的生活碎片,虽然我还想多写一些,但这次就点到为止吧。

如果这些故事能让你莞尔一笑,那将是我的荣幸。

希望越来越多的狗狗能过得幸福快乐。

也希望越来越多的人能和狗狗一起过上幸福生活。

二〇二一年十月　写于秋高气爽的山形县

山口 花